Marc Kayser

Die Rache des Petermännchens

Ein Schwerin-Krimi

Bild und Heimat

Von Marc Kayser liegen bei Bild und Heimat außerdem vor:
Große Freiheit Ost. *Auf der B96 durch ein wildes Stück Deutschland* (2015)
Ein Wochenende mit Tucholsky. *Liebeserklärung an Rheinsberg* (2017)

ISBN 978-3-95958-087-8

1. Auflage

Umschlaggestaltung: fuxbux, Berlin
Umschlagabbildung: © shutterstock / Henner Damke
Druck und Bindung: GGP Media GmbH, Pößneck

Ein Verlagsverzeichnis schicken wir Ihnen gern:
BEBUG mbH / Verlag Bild und Heimat
Alexanderstr. 1
10178 Berlin
Tel. 030 / 206 109 – 0

www.bild-und-heimat.de

Der Inhalt dieses Buches ist ein Produkt meiner Fantasie. Jede noch so winzige Ähnlichkeit mit lebenden oder verstorbenen Personen ist unbeabsichtigt und wäre rein spekulativ.

Für Eva, Christina, Tristan, Johanna, Stefanie, Sedat, Dennis, Pascal, Nikki, Inga, Elias, Mohamed … und all die anderen Kinder. Euer Leiden ist niemals vergessen.

Weißt du nicht, dass ein Clown sogar mit Mord davonkommt.

John Wayne Gacy, US-amerikanischer Serienmörder (1942–1994)

Teil I

1

Schwerin, im April

Das Wetter hatte an diesem Tag das Zeug dazu, von jedermann bewundert zu werden. Es war ein milder Apriltag, an dem die Sonne keine Konkurrenz aus Wolken hatte, es war windstill und aus dem Schweriner Schlosspark hallte das quirlige Toben einer Kindergruppe. Mitten hinein in deren Lachen und Toben mischte sich das Gebrumm eines Rasenmähers. Die bunten Tupfer leichter Kinderanoraks machten dem ersten zarten Grün junger Birken und uralter Bäume Konkurrenz, von denen es hier mehr als nur eine Handvoll gab. Auf Metallschildern stand, dass sie um 1860 gepflanzt worden waren. Manche von ihnen waren so breit, dass man sie mit den Armen nicht umfassen konnte.

Einige der Kinder – sie waren nicht älter als vier, fünf Jahre – spielten lautstark Verstecken, während andere am Ufer des Schweriner Sees mit Stöcken ins Wasser schlugen, um Wellen zu erzeugen. Die zwei Erzieherinnen brauchten alle Aufmerksamkeit, um die unternehmungslustigen Kinder im Blick zu behalten. Eine von ihnen war eine drahtige, kleine Person um die vierzig, mit streng frisiertem Haar und in praktischer Freizeitkleidung, und überwachte das Treiben am See. Die andere, eine blutjunge Frau, die vielleicht noch in der Ausbildung war und viel zu enge Jeans und einen Kapuzenpullover trug, beobachtete mit zerstreutem Blick die neun Kinder, die Verstecken spielten. Es erschien ihr unmöglich, jedes der Kinder mit den Augen zu verfolgen, zumal die alten Bäume, die verschlungenen Wege und die alte Grotte, die dem Park etwas Geheimnisvolles gab, die Spielenden gut verbarg. Stattdessen schenkte sie ihrem Handy viel Aufmerksamkeit, in das sie beständig etwas hineintippte, um kurz darauf von einem Piepton begleitet eine Antwort zu erhalten.

Es waren nur wenige, schon ergraute Spaziergänger unterwegs, die heute keinen Halt an den wenigen Bänken machten. Vielleicht störte sie das Geschrei und Getobe der Kleinen, vielleicht lagen ihre eigenen Versteckspiele schon zu lange zurück, als dass sie das ausgelassene Treiben genießen könnten. »Eins, zwei, drei, vier Eckstein, alles muss versteckt sein. Hinter mir, vorder mir gilt es nicht … ich zähle bis zwanzig! … Dann komme ich!« Der kleine Kerl, der mit viel Inbrunst und heller, klarer Stimme den Reim gerufen hatte, lehnte an einer *Fagus sylvatica pendula*. Der Stamm der Hängebuche verschluckte den kleinen Mann vollständig, nur seine Stimme hatte an ihr hervorgeklungen, als könnte der Baum reden. Er hielt, wie beim Versteckspiel üblich, seine Hände vors Gesicht, um nicht des Schummelns bezichtigt zu werden. Leise murmelte sein Mund die Zahlen herunter. Er ging, wie die anderen seiner Gruppe, in die Kindertagesstätte »Die Schlossgeister«, die sich nur unweit vom Burggarten befand. Eine Kita, die sich aufgrund ihres »kunstästhetischen Profils« damit rühmte, den Kleinen ihre Umwelt auf darstellende und musikalische Art wie Malen, Zeichnen oder Singen nahezubringen und ihnen bereits im Vorschulalter das Zählen bis zur Zahl Fünfzig beizubringen.

Die Zeit verstrich. Er hätte längst bei zwanzig ankommen müssen. Doch nichts passierte. Der Junge kam hinter seinem Stamm nicht hervor. Nur die Kinder, die sich vor ihm versteckt hatten, kamen wieder zum Vorschein. »Tarek!«, riefen sie, »wann suchst du uns endlich?« Nach und nach schlenderten die verbliebenen acht Kinder in Richtung der Buche, von der aus sie Tareks

Stimme vernommen hatten. Sie umrundeten den Stamm. Da war niemand.

»Tanja«, rief eines der kleinen Mädchen der jungen Erzieherin zu, die ein ganzes Stück entfernt vor dem mächtig und dunkel wirkenden Eingang zur Grotte im Park stand und noch immer mit ihrem Handy spielte und auf der Tastatur tippte. »Tanja! Tarek ist weg!«

Die junge Frau schreckte zusammen. Sie schob schnell ihr Handy in die Hosentasche und eilte zu den Kindern, die sich um den mächtigen Stamm der Hängebuche gruppiert hatten.

»Wo habt ihr ihn zuletzt gesehen?«, fragte sie in die kleine Runde.

»Hier«, zeigten die Kinder unisono auf den Stamm des Baumes.

»Der Stamm hat ihn gefressen«, sagte ein kleiner Bub.

»Bäume essen keine Menschen«, erhielt er von einem Mädchen zur Antwort.

»Woher willst du das wissen?«, fragte er zurück.

»Wie doof bist du eigentlich?«, blubberte sie und zeigte ihm einen Vogel.

»Kinder!«, rief Tanja streng und mit einem deutlichen Zittern in der Stimme, »wir müssen Tarek finden.« Panik stand in ihrem Gesicht. Ein heller Fiepton war zu hören.

»Dein Handy«, sagte eines der Kinder.

Sie beachtete es nicht. »Frau Sauber«, rief Tanja mit beinahe überkippender Stimme hinunter zum nahen Seeufer, »kommen Sie schnell. Es fehlt ein Kind!«

2

Eva Lindenthal saß auf der Toilette des Kommissariats für Gewaltdelikte in der Polizeiinspektion Schwerin, als ihr Handy anzeigte, dass eine Nachricht eingegangen war. Sie studierte die Nachricht mit ruhigem Blick, spülte und wusch sich die Hände im benachbarten Waschraum. Dabei betrachtete sie ihr Gesicht im Spiegel. Er zeigte das Bild einer Frau von Mitte dreißig, mit klaren blauen Augen, Sommersprossen auf der Nase, einem energisch wirkenden Kinn und sinnlich geschwungenen Lippen. Ein Hauch von Bräune überzog ihre Haut. Eva Lindenthal war erst am Tag zuvor aus einem Kurzurlaub zurückgekehrt, den sie auf der Insel Poel verbracht hatte, die nur eine knappe Autostunde von Schwerin entfernt war. Sie hatte dort ein Ferienapartment im Ortsteil Am Schwarzen Busch, der unweit von Kirchdorf direkt am Meer lag. Sie besaß zwei mit allerlei Strandgut und maritimen Bildern geschmückte Räume, eine Küche, ein Bad und einen Balkon mit Blick auf den Strand. Der Bequemlichkeit halber hatte sie in ihrem Arbeitsort in Schwerin eine schmucklose Einzimmerwohnung angemietet, in der sie zwar allein lebte, aber nicht ohne das Verlangen nach einem festen Partner war.

Es gab da einen Mann. Paul. Er war knapp über dreißig, sie kannte ihn seit knapp einem Jahr, er war Musiker und stammte aus Hamburg. Er würde sofort mit ihr zusammenziehen, doch wollte, besser, konnte sie mit ihm zusammenleben?

Der Job Eva Lindenthals als Kriminaloberkommissarin bescherte ihr regelmäßig Überstunden und Arbeitszeiten, die fest geplante Verabredungen mit einem Mann beinahe unmöglich machten. Und so war sie auch in den drei Tagen ihres Kurzurlaubs mit einer Freundin auf Poel gewesen, hatte lange Strandspaziergänge gemacht, einen Krimi in einem Strandkorb gelesen und abends TV-Serien geschaut. Sie fühlte sich frisch und erholt, auch wenn sie in der letzten Nacht einen erotischen Traum durchlebt hatte, in dem es um eine Ménage-à-trois gegangen war. Er war nicht nur voller Lust, er war auch anstrengend gewesen. Sie war mehrfach aufgewacht, von seinen Inhalten aufgewühlt und erregt. Wenn Paul davon wüsste, dachte sie und fühlte sich augenblicklich, als habe jemand sie bei ihren Gedanken ertappt … Sie errötete, sie sah es im Spiegel.

Sie verließ die Toiletten, ging einen schmalen Gang entlang, an dem sich die lichten Räume ihrer Kollegen wie Perlen einer Kette aneinanderreihten, und betrat ihr Büro. Sie setzte sich hinter ihren Schreibtisch, strich sich über die wilden Locken ihrer dunklen Haare, griff nach ihrem Handy und las die Nachricht noch einmal, die sie soeben erreicht hatte. Sie langte nach dem Hörer ihres Schreibtischtelefons und wählte die in der Kurznachricht enthaltene Telefonnummer. Sie wartete. Sie bekam eine Verbindung.

»Ich bin Eva Lindenthal. Polizei Schwerin, mit wem spreche ich?« Sie lauschte in den Hörer. Die Stimme am anderen Ende klang hoch, hektisch und war gut zu vernehmen.

»Rackwitz, Sabine Rackwitz. Ich bin die Leiterin des Kindergartens ›Schlossgeister‹. Gut, dass Sie anrufen.« Die Frau klang atemlos. »Wir brauchen einen Suchtrupp, alles absperren, das Gelände im Park …«

»Moment«, unterbrach die Kommissarin den Wortschwall, »was genau ist passiert? Wie lange ist es her und was haben Sie seitdem unternommen?«

Sabine Rackwitz berichtete der Kommissarin von dem Ausflug der Kinder in den Schlosspark, von dem Versteckspiel und dem plötzlichen Verschwinden Tareks.

»Haben Sie solche Situationen schon einmal erlebt?«, fragte die Kommissarin.

»Ja«, antwortete die Leiterin. »Ein Kind hatte sich in die Hosen gemacht und sich nicht mehr getraut, zur Gruppe zurückzukehren. Wir haben es in einem Gebüsch kauernd gefunden. Aber ich habe das ungute Gefühl, dass der Fall hier anders liegt.«

»Warum?«, fragte Eva Lindenthal. Es entstand eine kleine Pause.

»Tarek fällt nicht durch Ängstlichkeit auf. Er ist vorwitzig und drangvoll. Er würde solche peinlichen Situationen wie eine volle Hose sicher meistern. Außerdem ist er so was wie ein Anführer der mittleren Gruppe.«

»Verstehe«, sagte die Kommissarin. »Sie wissen sicher, dass wir drei Möglichkeiten haben. Die erste ist, dass der Junge sich einen Scherz erlaubt, um auf sich aufmerksam zu machen, und in Kürze wieder auftaucht und fröhlich in die Kita hereinspaziert. Die zweite, dass er das Ausreißen übt und erst nach ein paar Stunden, möglicherweise auch erst am nächsten oder übernächsten Tag wieder auf der Bildfläche erscheint.« Beim Gedanken an die dritte Möglichkeit verspannte sich das Gesicht der Kommissarin deutlich.

»Und die dritte Möglichkeit?«, fragte Sabine Rackwitz am anderen Ende der Leitung.

»Dass dem Jungen etwas … sagen wir mal … Unangenehmes passiert ist. Weiter möchte ich am Telefon nicht gehen und auch sonst …«

»Sie meinen also, er könnte …«

»Ich meine gar nichts«, sagte die Kommissarin knapp. Sie bereute es bereits, es nicht bei den üblichen Fragen belassen zu haben.

»Wir schicken erst einmal eine Polizeistaffel in den Park. Der Junge ist ja, wie es aussieht, erst seit knapp einer halben Stunde verschwunden, oder?«

»Das ist richtig«, erhielt sie zur Antwort. »Wenn wir etwas tun können …?«

»Können Sie«, sagte die Kommissarin. »Dramatisieren Sie jetzt nichts. Bleiben Sie bei Nachfragen der Kinder ruhig und gelassen.« Die Kommissarin beendete das Gespräch. Das Szenario der dritten Möglichkeit wischte sie auch für sich erst einmal zur Seite.

Per Telefon forderte sie eine Sondereinheit der Polizei an, die den Schlosspark nach dem vermissten vierjährigen Tarek durchkämmen sollte. Den Gedanken, eine Sonderkommission einzuberufen, verwarf sie vorerst. Noch konnte Tarek vergnügt und gesund von einem Ausreißertrip heimkehren. Und dann waren da auch noch die Eltern des Kleinen, die informiert werden mussten.

Eva Lindenthal stand vor dem Kaffeeautomaten der kleinen Büroküche und atmete tief durch. Ihre Erinnerungen an den Kurzurlaub auf Poel verblassten von Minute zu Minute. Sie war wieder im Wahnsinn ihres Alltags angekommen. Und beim Gedanken daran, dass das Verschwinden des kleinen Jungen trotz vieler anderer Möglichkeiten einen dramatischen Verlauf und ein ungutes Ende nehmen könnte, verkrampfte sich ihr Magen.

3

Vom Verschwinden Tareks bis zum Einsatzbefehl der Polizisten, in der Stärke einer Fußballmannschaft den Schlosspark zu durchkämmen, war nun knapp eine Stunde vergangen. Ihre Anweisungen untereinander, ihre Rufe, wo jeder zu suchen, sich zu bücken hatte, welche Büsche mit Unterholz, welche Uferabschnitte, Steinecken, sogar Baumkronen mit den Augen gescannt und durchforstet werden sollten und schon wurden, hallten wie das unruhige Bellen von Schäferhunden durch den Burggarten. Der wie römische Terrassengärten im 19. Jahrhundert angelegte Park bot allerlei Möglichkeiten des Versteckens und des Unterschlupfs. Und so blieb die Suche der Polizeimannschaft vorerst erfolglos. Taucher, die den See absuchen sollten, wurden nun über Funk angefordert.

Währenddessen war Eva Lindenthal auf dem Weg zur Mutter von Tarek. Sie lebte in einer Dachgeschosswohnung in der sogenannten Feldstadt Schwerin, einer begehrten Innenstadtlage, von der aus man, wohnte man nur hoch genug, berauschende Blicke auf das Schloss, den Burggarten und See hatte. Die Kommissarin klingelte. Ein Summer öffnete ihr die Tür, die Kommissarin erklomm die drei Etagen hinauf in die Dachgeschosswohnung sportlich und mit federnden Schritten.

Die Mutter Tareks war eine groß gewachsene, gutaussehende Frau von Anfang dreißig, mit kräftigen schwarzen Augenbrauen, dunklem Teint und feinen Härchen auf der Oberlippe. Sie war nicht nur unverkennbar keine Deutsche, sie trug auch keinen deutschen Namen.

»Dorna Moschiri?« Eva reichte ihr die Hand. »Ich bin Oberkommissarin Lindenthal. Wir hatten telefoniert.«

»Kommen Sie herein«, sagte die Frau.

Eva sah, dass sie geweint haben musste. Die Augen ihres Gegenübers waren rot unterlaufen und glitzerten feucht.

»Gibt es schon etwas Neues von meinem Sohn?«, fragte sie und wies der Kommissarin einen Sessel zu.

Eva Lindenthal sah sich kurz um. Es war eine Dachgeschosswohnung, wie jedermann sie sich wünschte. Die Balken waren freigelegt worden, die Decken waren hoch, die Fenster in weißem Holz gerahmt, der Fußboden aus Parkett, das frisch gewachst schien. Die Wohnung der Moschiris war mit weißen Möbeln eingerichtet. Alles wirkte großzügig, hell und freundlich.

»Sicher haben Sie hier einen schönen Ausblick«, sagte die Kommissarin. Sie wollte zunächst einmal Ruhe erzeugen. Dass es in der Mutter brodelte, das war ihr klar.

»Kommen Sie, ich zeige es Ihnen.«

Beide Frauen betraten eine luftige Terrasse, die nach Süden zeigte. Die Sehenswürdigkeiten Schwerins versuchten gar nicht erst zu verbergen, was sie in aller Welt berühmt machte.

»Da drüben«, zeigte Dorna Moschiri auf den Park, »dort drüben wurde er das letzte Mal vor zwei Stunden gesehen?«

Die Kommissarin nickte leicht. »Ja, die Kinder haben wohl Verstecken gespielt, aber Tarek hat nie begonnen zu suchen. Er soll plötzlich verschwunden sein.« Die Kommissarin beobachtete das Gesicht von Tareks Mutter von der Seite. Sie erkannte kein verräterisches Zucken darin. In diesem Moment schloss sie aus, dass die Mutter mit dem Verschwinden ihres Sohnes etwas zu tun hatte, obwohl sie dicht am Ort des Geschehens wohnte.

Tränen rannen der Frau über die Wangen. »Er ist so ein lieber, kleiner Junge«, sagte sie leise, »tut keiner Menschenseele etwas. Ist immer so fröhlich und lebendig.«

»Hatte er Probleme im Kindergarten?«, fragte die Kommissarin. »Oder gab es Schwierigkeiten zu Hause? Mit seinem Vater, mit Ihnen?«

»Nein, nein, nichts dergleichen. Manchmal geht mit Tarek das Temperament durch, aber das ist ja normal, oder?« Dorna Moschiri blickte fragend auf die Kommissarin.

»Ich weiß es nicht«, sagte Eva Lindenthal wahrheitsgemäß. »Ich habe keine Kinder, aber ich kann es mir gut vorstellen. Seit wann leben Sie hier? Und wo ist Ihr Mann gerade? Was arbeitet er? Wann kommt er nach Hause?«

»Möchten Sie einen Kaffee?«, unterbrach Dorna Moschiri sie.

»Gern.«

Die Frauen spazierten in die Küche.

»Er ist Anlageberater bei der Schweriner Bank am Marktplatz«, sagte Dorna Moschiri, während sie die Kaffeemaschine bediente. »Manchmal kommt er sehr spät und schlechtgelaunt nach Hause. Zurzeit gibt es einige Probleme. Dubiose Anlagegeschäfte in Dubai. Zahlungsausfälle, Pleiten … Ich verstehe nicht viel davon, ich weiß nur, dass Maik immer mal wieder Meetings bis in die Nacht hat. Er sieht den Jungen deshalb nicht so oft.«

»Wie alt ist Ihr Mann?«

»Er ist letzte Woche siebenunddreißig geworden.«

»Von wo stammt er und wo haben Sie sich kennengelernt?«

»Geboren ist er in Wismar. Aber kennengelernt haben wir uns auf einem Hafenfest in Schwerin vor acht Jahren. Ich war als Austauschstudentin aus Teheran nach Wismar an die Hochschule gekommen, wir machten einen Ausflug und da saß er auf einer Bank gegenüber. Inmitten seiner Freunde und …« Dorna Moschiri sah an der Kommissarin vorbei auf einen imaginären Punkt an der weißgetünchten Küchenwand. »… dann hat er mich immer wieder angelächelt, und irgendwann brachte ein Kellner ein Getränk zu mir und sagte, dass es vom Tisch gegenüber sei …«

Sie tranken jetzt schweigend ihren Kaffee.

»Und ja, wir wurden ein Paar, haben geheiratet, ich blieb in Deutschland und Tarek kam vier Jahre darauf und nun …« Dorna Moschiri rang mit den Händen.

»Und Sie?«, fragte die Kommissarin. »Arbeiten Sie?«

»Ich bin Illustratorin bei einem Wirtschaftsverlag. Freiberuflich.«

Die Kommissarin stufte diese Information im Innern als unwichtig ein und sah sich stattdessen noch einmal prüfend in dem Raum um.

»Sicher taucht der Junge schneller wieder auf, als wir beide denken«, sagte sie dann in ruhigem Ton. »Vielleicht erlaubt er sich einen derben Spaß. Vierjährige können sehr abenteuerlustig sein, weiß ich von einer Freundin.« Die Kommissarin hatte einen sehr vertraulich wirkenden Ton angeschlagen.

»Ja, abenteuerlustig ist er«, sagte die Mutter. »Ich zeige Ihnen mal sein Zimmer.«

»Das wollte ich auch eben fragen ...«, erwiderte die Kommissarin und lächelte.

Der Fußboden in Tareks Zimmer war übersät von Legobausteinen, einem Kartenspiel und den Puzzleteilen einer Weltkarte. An den Wänden hingen Plakate mit den Figuren der Marvel-Superhelden.

»Keine Autos?«, fragte die Kommissarin verwundert. »Kein Computer?«

»Keine Autos«, antwortete Dorna Moschiri. »Und warum einen Computer?«, fragte die Mutter verwundert. »Wäre er dafür nicht zu jung?« Sie blickte irritiert auf die Kommissarin.

»Manche Eltern ...«

»Nein, nein«, unterbrach sie Dorna Moschiri. »Tarek zeichnet lieber, spielt Karten oder baut das Welt-Puzzle zusammen und erfindet neue Länder. Ich denke, er hat sehr viel Fantasie.«

Beide Frauen verließen das Zimmer. Die Kommissarin wusste, dass sie hier nicht weiterkam. Tareks Umfeld wirkte alles in allem geordnet, auch wenn ihr der Hinweis auf den Job des Vaters und dessen Probleme in der Bank eher ungut im Gedächtnis hängen geblieben waren.

»Geben Sie mir bitte die Telefonnummer Ihres Mannes«, sagte sie beim Abschied.

Dorna Moschiri schrieb sie ihr auf.

»Bleiben Sie stark, machen Sie jetzt bloß nicht die Verwandtschaft verrückt und gehen Sie noch mal in sich und denken darüber nach, ob Tarek ein Motiv haben könnte abzuhauen. Wenn er bis morgen früh nicht wieder da ist, lösen wir eine Großfahndung aus. Unserer Erfahrung nach ist es jetzt noch zu früh dafür. Mit solchen Aufrufen über die Medien machen wir nur Menschen verrückt, die selbst Kinder haben und sich davor fürchten, ihre Nachkommenschaft könnte ausbüchsen. Ich halte Sie nicht davon ab, selbst noch mal nach ihm zu suchen. Wir nehmen inzwischen die Kita ›Schlossgeister‹ unter die Lupe.« Die Kommissarin drückte den linken Arm der Frau und blickte sie dabei freundlich an.

»Ich zähle auf Sie«, erhielt sie zur Antwort.

Die Kommissarin sandte ihr unbeabsichtigt einen grimmigen Blick. »Sehr häufig sind häusliche Motive die Ursache für *runaway kids*. Sie sollten also besser auch *auf Ihr Kind* zählen. Denken Sie auch darüber nach.«

Vor der Tür hatte sich der Himmel zugezogen. Der Norddeutsche Rundfunk hatte für die kommenden Tage waschechtes Aprilwetter angekündigt. Von Sonne bis Schnee sollte man auf alles gefasst sein, hieß es. Eva Lindenthal fröstelte leicht und schlug den Kragen ihrer Jeansjacke hoch. Sie sah jetzt mit ihren wilden Locken und den Sommersprossen auf der Nase ziemlich verwegen aus.

Seit gut drei Stunden war Tarek nun verschwunden. Die Kommissarin stand in ständigem Kontakt mit dem Chef der Truppe, die im Schlosspark und nun auch in einem größeren Areal nach Tarek suchte. Doch bislang gab es nur ernüchternde Antworten. Auch die paar Taucher, die nun schon seit mehr als einer halben Stunde die angrenzenden Ufer des Schlossparks bis zur Mitte des Sees nach dem Jungen durchkämmten, stießen, statt auf Spuren, die auf den Verbleib des Jungen hingewiesen hätten, nur auf ein versunkenes Ruderboot, Sperrmüll und unendlich viel totes Holz.

4

Ramper Moor am Schweriner See, am nächsten Tag

Am nächsten Morgen löste das Landeskriminalamt Mecklenburg-Vorpommern in Absprache mit der Polizeiinspektion Schwerin eine Großfahndung nach Tarek aus. Die Online-Medien der großen und regionalen Nachrichtenblätter sowie lokale Radio- und TV-Stationen veröffentlichten ein Foto beziehungsweise eine Beschreibung des Jungen.

Die Suchtrupps hatten keinen Blick für die urtypische Naturlandschaft des Schweriner Sees, an dessen Ufern sich zahlreiche Wälder, Wiesen, riesige Ackerflächen und abgeschiedene Dörfer hinzogen und das Gefühl vermittelten, dass hier die Zeit eine schon lang andauernde Pause machte. Keiner der Polizisten interessierte sich für die Biber, Fischotter, Eisvögel, Kraniche, Milane und Weißstörche, die hier eine Heimat gefunden hatten. Auch das Drispether Moor, das Grabower Moor, die Kritzower Berge, das Görslower Ufer und das Ramper Moor standen nicht als Naturschönheiten, sondern als mögliche Fundorte der Überreste eines grausigen Verbrechens auf den Zetteln der Beamten. Außerdem regnete es wie aus Kannen, der Wind war kühl und trieb den Polizisten die Nässe auf Gesicht und Nacken.

Boote mit Tauchern schoben sich durch das graugrüne Wasser, durch nasses Schilf und Schlick, Ortungsgeräte fiepten und gaben falschen Alarm. Über dem See kreiste in geringer Höhe ein Hubschrauber, an Bord eine hochempfindliche Kamera. Eine Menschenkette aus hundertfünfzig Polizisten durchforstete das Gebiet, das sonst nur Wanderer und Naturliebhaber durchstöberten. Anweisungen, Fragen und Beobachtungen hallten durch die Luft wie Befehle beim Aufmarsch einer kleinen Armee.

Am Ufer des Ramper Moors, einem hundert Hektar großen Feuchtgebiet aus Seekreide und Torf, stießen die Trupps erst auf einen roten Anorak und dann auf grasgrüne Turnschuhe. Die Kleidung leuchtete aus dem modrigen Schilf. Nur wenige Meter weiter fanden die Beamten Tareks Leiche. Sie war beinahe vollständig im Morast versunken, nur der Ellenbogen des linken Arms ragte aus dem Schlamm. Ein Hubschrauber senkte sich vorsichtig auf eine der wilden Streuwiesen ab und gab zwei Spurensicherer frei, die jedoch alsbald den Fundort wieder verließen. Der Regen hatte mögliche Spuren von Schuhen, Händen, Fasern und Schweißpartikeln gründlich weggewaschen. Der Helikopter nahm den Leichnam an Bord. Sein Ziel war das rechtsmedizinische Institut in Schwerin.

Der Gerichtsmediziner war ein dünner, kleiner Mann mit einem vorspringenden Kinn, Hakennase und vielen kleinen Fältchen auf der Stirn.

»Kommen Sie«, dirigierte er die Kommissarin an den Obduktionstisch. »Ich will Ihnen etwas Interessantes zeigen.«

Wenn Gerichtsmediziner ein solches Attribut gebrauchen, verbirgt sich dahinter immer eine Nachricht, die – bei aller Tragik – zur Klärung eines Verbrechens beitragen kann. Der Mediziner zog ein grünes Kliniktuch vom Leichnam des Jungen, der, bis auf seine Scham, nackt war. Er war ein zartgebauter Junge gewesen, bei dem allerdings eine Missproportion auffiel: Der Kopf schien für seinen Körperbau etwas zu groß.

»Sehen Sie?«, fragte der Mediziner Eva Lindenthal. »Der Junge litt an einem beginnenden *Hydrocephalus*. Der Volksmund sagt dazu auch Wasserkopf. Allerdings noch nicht stark ausgeprägt. Vielleicht führte eine frühe Hirnhautentzündung zu einem Fehlabfluss des Liquors aus den Hirnventrikeln. Normalerweise werden die Flüssigkeitsräume, die quasi für die Kühlung des Hirns benötigt werden, gut ein- und gut ausgespült. In einem Gleichgewicht. Hier nicht. Vielleicht hatte der Junge aber auch eine angeborene oder frühkindliche Fehlbildung des Gehirns. Auch pränatale Infektionen des Gehirns bei Föten können einen *Hydrocephalus* auslösen. Außerdem kommen Einblutungen in mit Liquor gefüllten Hirnstrukturen in Betracht. Ich werde den Kopf öffnen …«

Die Kommissarin beugte sich weit über den Jungen. Sie sah auf eine glatte, weiße Haut und dunkelrote Flecken am Hals.

»Also warst du ein ungesunder Junge …«, murmelte sie, richtete sich sogleich wieder auf und fragte: »Die roten Flecken?«

»Er ist stranguliert worden.« Der Gerichtsmediziner schwieg einen kurzen Moment.

»Hat er lange gelitten?« Die Kommissarin sprach leise, mit weicher Stimme.

Der Mediziner reckte sein Kinn etwas wichtigtuerisch nach vorn. »Zu lange, ja. Wie bei jedem Menschen. Erst nimmt die Sauerstoffkonzentration im Blut ab, die Lunge wird nicht mehr versorgt. Daher pressen die Lungenbläschen den letzten gespeicherten Sauerstoff aus sich heraus und platzen dann. Dann reagiert das Herz auf den Sauerstoffmangel, indem es schneller schlägt. Durch den höheren Blutdruck platzen Blutgefäße und kleine Adern, unter anderem im Auge. Hier …« Er hob mit einem kleinen Stäbchen die Augenlider des Jungen an. Die Augäpfel waren blutunterlaufen. »Das Hirn bemerkt den Mangel und schaltet langsam ab. Das Herz schlägt immer langsamer, bekommt keine Signale vom Gehirn mehr und stoppt. Damit unterbricht es die ohnehin schlechte Sauerstoffversorgung der anderen Organe, die dann nach und nach versagen. Da das Gehirn abschaltet, bekommt auch kein Muskel mehr Signale, unter anderem auch der Schließmuskel, was dazu führt, dass der Junge sich komplett entleert hat. Die Augen quellen hervor. Bewusstlosigkeit setzt nach ungefähr zehn bis fünfzehn Sekunden ein, da das Hirn unterversorgt ist. Allerdings kommt man nach dieser kurzen Zeit auch wieder zu Bewusstsein, wenn man nicht mehr gewürgt wird. Er hat also an die zehn Minuten gekämpft, bis er starb.«

»Wie entsetzlich«, murmelte die Kommissarin.

»Er wurde nicht vor Ort umgebracht«, fuhr der Gerichtsmediziner fort. »Er wurde bereits tot ins Moor gelegt. Darauf weisen die starken Leichenflecken und die fehlenden, aber für eine Wasserleiche üblichen Veränderungen der Haut hin. Ich würde sagen: Er ist kurz nach seinem Verschwinden erwürgt und dann ins Moor gebracht worden.«

»Dieser Bastard«, sagte die Kommissarin und wandte sich von dem Operationstisch ab.

»Tote Kinder sind immer eine hässliche Sache.« Der Mediziner begleitete sie aus dem Obduktionssaal.

»Ich werde ihn finden«, sagte Eva Lindenthal und schritt dann entschlossen den langen Flur der Gerichtsmedizin hinaus ins Freie.

Das Institut für Rechtsmedizin war Teil des Schweriner Friedhofs und des Krematoriums am Obotritenring. Die Kommissarin brauchte Zeit und Ruhe zum Denken. Der starke Regen war in ein feines Nieseln übergegangen. Sie machte einen Spaziergang an diversen Gräbern entlang, die eingerahmt waren von dichten Büschen und waldähnlichen Baumgruppen. Ist es von Belang, dass Tarek ein krankes Kind war?, dachte sie. Und wenn ja, woher kannte der Täter diesen Umstand? Noch war von der Disproportion zwischen Kopf zu Körper nicht viel zu sehen gewesen. Oder hatte er das Kind zufällig ausgewählt und wusste nichts von dessen Leiden? Und, warum hatte Tareks Mutter mit keiner Silbe erwähnt, dass ihr Kind an einer seltenen Krankheit litt?

Das Brummen des Handys riss die Kommissarin aus ihren Gedanken. Eine Nachricht ihrer Assistentin Laura: »Der Chef will dich sehen. Sofort.«

Eva Lindenthals Vorgesetzter hieß Ulrich Timmermann und war ein Mann um die fünfzig mit schlohweißem Haar, das er an den

Ohren und im Nacken kurz trug. Sein sicher nicht billiger, stahlblauer Anzug mit der etwas blasser blauen Krawatte, sein markantes Gesicht und eine fein gearbeitete, rahmenlose Brille gaben ihm das Aussehen des Elder Statesman einer Nachrichtensendung. Er saß mit übereinandergeschlagenen Beinen sehr leger auf der Kante seines Schreibtisches, als die Kommissarin sein Büro betrat. Er wippte mit einem Fuß.

»Wie ist der Stand, Eva?«, fragte er und wippte weiter mit seinem Fuß. »Ich fühle mich von der Entwicklung abgehängt.«

»Müssen Sie nicht«, unterbrach sie ihn. »Wir haben die Todesursache und die Todeszeit. Der Gerichtsmediziner konnte nur feststellen, wann und auf welche Weise der Junge starb.«

»... eine Schweinerei«, warf er dazwischen.

»Wie bitte?«, fragte sie irritiert.

»Einen möglichen Täter?«, bellte er ihr entgegen.

»Mal abgesehen davon, dass der Junge eine unheilbare Krankheit hatte, habe ich keine verwertbaren Hinweise. Und die Berichte von der Spurensicherung im Moor liegen mir noch nicht vor. Es hat stark geregnet in den letzten Stunden, und ich fürchte, da ist nicht viel.« Die Kommissarin hatte eine gewisse Schärfe in ihre Stimme gelegt.

»Telefoniert ihr nicht miteinander?«, fragte Timmermann lauernd.

»Normalerweise schon«, antwortete Lindenthal, »aber in der Pathologie hatte ich mein Handy abgestellt. Außerdem haben die Labore die Spuren noch nicht freigegeben.«

»Soso«, sagte Timmermann und erhob sich. »Die Medien hängen mir im Nacken. Kindermord ist eine sehr emotionale Angelegenheit, und es wäre schön, wenn ...«

»Ja, das wäre es«, unterbrach sie seine Mahnungen, »ich gebe Ihnen Updates, wenn ich welche habe.«

»Das darf ich auch erwarten, schließlich wollen Sie ja bald Hauptkommissarin ...«

»Will ich das?«, fragte sie ironisch. »Ich fühle mich momentan noch ganz wohl als Ermittlerin ohne feste Tageszeiten an einem Tisch mit vielen Telefonen.«

»Die Leitung der Mordkommission kommt auf Sie zu«, erwiderte er. »Daran können Sie sowieso nichts ändern.«

Sie trat einen Schritt zurück in Richtung Tür, wies mit der rechten Hand durch die Scheibe nach draußen und sagte: »Ich werde dann mal …«

Kaum war sie aus der Tür, langte Timmermann hinter sich auf den Schreibtisch nach seinem Telefon. Etwas Verschwörerisches trat in seine Augen.

In Eva Lindenthals Büro, das an das Zimmer ihrer Assistentin anschloss, hatte jemand einen frischen Blumenstrauß gestellt. »Viel Glück« stand auf einem kleinen Kärtchen geschrieben, das an der Vase lehnte.

»Laura? Von wem sind die?«, fragte sie ihre Assistentin.

Die junge Frau mit den zurückgesteckten blonden Haaren, dem offenen Gesicht und in engen Jeans, über denen sie eine dunkle Bluse und Jackett trug, war vor einem halben Jahr direkt von der Polizeihochschule in ihre Abteilung gekommen.

»Von wem wohl«, erhielt sie zur Antwort. »Vom Chef. Er will was von dir und wirbt damit um dich.«

»Aha«, antwortete Eva. »Noch entscheide Gott sei Dank ja ich.«

Laura trat zu ihr, in der Hand eine Akte, die noch reichlich Platz für Papier aufwies.

»Ein vorläufiger Bericht der Spurensicherung. Das Kind lag kopfüber im Wasser, mit dem Rücken zur Oberfläche. Der Hammer: als die Scouts das Kind umdrehten, trug es eine Maske auf dem Gesicht.«

»Zeig her!« Eva Lindenthal riss Laura die Akte aus der Hand.

Mehrere Fotos segelten auf den Fußboden. Sie zeigten ein professionell geformtes Maskengesicht mit roter, spitzer Nase, grellblauen, weit aufgerissenen Augen und einem stark überzeichneten riesigen Mund. Tiefe Falten waren in das Silikonmaterial eingekerbt worden. Das Gesicht eines alten Mannes, der ein Kobold, ein Clown oder ein böser Wicht sein konnte. Beide Frauen sahen einige Zeitlang sprachlos auf die Bilder. Das letzte Foto zeigte das Gesicht Tareks: vom Wasser aufgedunsen, mit zarten Zügen und einem zu großen Kopf.

»Ein Anhaltspunkt, mehr aber auch nicht«, sagte die Kommissarin nüchtern. »Vielleicht stoßen wir in Theaterwerkstätten oder einem Fundus mit Filmrequisiten auf einen Hinweis.«

»Hier steht«, zitierte Laura einen Aktenvermerk, »dass die Scouts vermuten, dass das Kind bereits tot war, als es ins Moor gelegt wurde.«

»Das bestätigt auch der Pathologe«, sagte die Kommissarin mit leicht ungeduldigem Unterton.

»Keine Kampfspuren, nur Abdrücke von stiefelähnlichen Schuhen. Könnten aber auch von Naturschützern sein, die im Moor Vögel zählen, folgern die Beamten vor Ort.«

»Gut, steht da auch, wie der Mörder da hingelangt ist? Es ist ein Naturschutzgebiet, öffentliche Wege gibt es nicht.«

»Mutmaßungen. Mehr nicht. Möglicherweise per Boot.«

»Zu auffällig«, sagte die Kommissarin.

»Warum?«, fragte Laura. »Wenn er das Kind bedeckt vor sich liegen hatte, sieht niemand, was da in einem Ruderboot liegt.«

»Auch wieder wahr. Ich brauche aus Schwerin und Umland Namen und Anschriften von Kunst- und Kulturwerkstätten, die mit Silikon arbeiten. Los, Laura, wir haben wenig Zeit.«

Eva Lindenthal griff nach ihrem Handy und tippte eine Nachricht ein. Laura wusste, dass ihre Vorgesetzte jetzt allein sein wollte. Sie verließ das Büro und verwehte dabei eine feine Wolke frischen Parfüms.

Vor dem Fenster wirbelte der Wind eine gelbe Plastiktüte

mit der Aufschrift eines Supermarkts durch die kühle Luft. Sie klatschte gegen die Scheibe von Lindenthals Büro. Nach einigen Minuten des Wartens hatte sie auf ihre WhatsApp-Nachricht eine Antwort erhalten. »Abendessen 18.30 Uhr, Restaurant im Ruderverein, Kuss Paul.« Obwohl ihr nicht danach war, lächelte sie. Den Appetit wollte sie sich trotz des dramatischen Falles nicht verderben lassen. Doch zuvor hatte sie zwei andere Termine.

5

Die Schweriner Bank war ein Geldinstitut am Markt, das es mit den Öffnungszeiten anscheinend nicht sehr genau nahm. Heute sollten die Schalter bis sechzehn Uhr geöffnet sein. Eva Lindenthal stand bereits um 15.52 Uhr vor verschlossenen Türen. Eine Klingel gab es nicht. Sie wählte die Telefonnummer von Maik Moschiri, dem Ehemann von Dorna Moschiri. Offenbar hatte sie ihren Mädchennamen behalten und er den ihren angenommen. Lindenthals Plan war, zunächst ihr Mitgefühl auszudrücken, dann aber doch herauszufinden, ob der Vater mit dem Tod seines Kindes in Zusammenhang stand. Sie wusste, dass dies ein Drahtseilakt werden würde.

»Moschiri?« Die Stimme grollte durch ihr Telefon wie der Donner nach einem Blitz.

»Oberkommissarin Lindenthal, Polizei Schwerin. Sie wissen, warum ich anrufe?«

Der Mann schwieg einen Moment. Dann sagte er mit etwas weicherer Stimme: »Ja …«

»Wo sind Sie? Warum ist die Bank verschlossen? Es ist noch nicht sechzehn Uhr.«

»Jetzt schon«, antwortete er und schwieg.

»Wo sind Sie?«, beharrte Lindenthal.

»In der Bank, erster Stock, Zimmer fünfzehn. Gehen Sie einmal um das Gebäude herum und auf den Hinterhof. Dort ist der Personaleingang. Halten Sie Ihren Ausweis vor die Linse über der Klingel, sonst macht Ihnen hier niemand auf.«

»Bis gleich«, antwortete sie und machte sich auf den Weg.

Der Himmel über dem Markt war in ein milchiges Grau getunkt. Immerhin hatte es zu regnen aufgehört. Die Kommissarin haderte mit sich, keine wärmere Kleidung angezogen zu haben.

Sie klingelte und hielt dabei ihren Dienstausweis vor die Kameralinse. Die Tür sprang auf, sie passierte einen schmalen Gang, der sie erst nach rechts, dann nach links führte und an einer Treppe endete. Vor dem Büro mit der Nummer fünfzehn verharrte sie einen Moment. Dann klopfte sie.

Maik Moschiri residierte auf einem teuer anmutenden Lederstuhl, hinter einem Schreibtisch, auf dem sich nationale und internationale Wirtschaftsblätter zu kleinen Türmen stapelten. Sein Computer war ein iMac der neuesten Generation, ebenso wie sein iPhone, das neben der Computermaus lag. Moschiri wirkte sportlich, war breit gebaut mit einem schon leicht gebräunten Gesicht, dichten schwarzen Koteletten und krausem, vollen Haar. Seine Augen leuchteten tiefbraun durch ein Designer-Brillengestell.

Er erhob sich, und die Kommissarin, von ihrer Statur eher zierlich, aber nicht dünn, wich innerlich gleich einige Zentimeter zurück. Er war zudem groß und wirkte in dem nicht sehr großen Büro wie ein mächtiger Berg. Sein dunkelgrauer Anzug saß beinahe perfekt, wenn man davon absah, dass das Jackett an den Achseln etwas spannte.

Er reichte ihr die Hand, die als Pranke durchging, denn sie umschloss die Hand der Kommissarin vollständig.

»Au«, sagte sie, »haben Sie immer alles so im Griff?«

Er überging ihre Bemerkung. Seine Mundwinkel zeigten Trauerflor. »Wie konnte das passieren?«, fragte er leise.

»Erst einmal mein Beileid, Herr Moschiri. Noch wissen wir über den genauen Hergang nichts. Ihr Sohn wird noch im rechtsmedizinischen Institut untersucht.«

»Ja, meine Frau und ich waren vorhin dort, um ihn zu identifizieren. Nun muss ich geschäftlich noch schnell ein paar Dinge regeln, meine Frau wartet zu Hause auf mich«, sagte er mit gesenktem Blick. »Wurde Tarek entführt? Was hat man mit ihm gemacht?«, fragte er.

Moschiri setzte sich wieder und wies der Kommissarin einen Stuhl zu. Sie sah, dass seine Augen flackerten.

»Ich stehe lieber, danke. Wie er genau zu Tode kam, wissen wir noch nicht«, log sie. »Haben Sie eine Idee, was Tarek dazu getrieben haben könnte, mit jemand Fremden mitzugehen?«

Moschiri nagte an seiner Unterlippe. Dann trommelte er mit einem Stift auf seine Schreibtischoberfläche. Er reckte seinen Kopf.

»Ich kann die Wahrheit vertragen, Frau Kommissarin«, sagte er. »Ich war Leistungssportler. Hochsprung. Einer meiner Sportsfreunde starb mit vierundzwanzig an einem Herzversagen. Mitten im Wettkampf. Ich war hautnah dabei. Also? Wie kam mein Sohn ums Leben?«

Sie blickte ihn ruhig an. »Er ist erwürgt worden.«

»Ist er …?«

»Nein … nein. Kein sexueller Missbrauch.«

Eine kurze Pause entstand. Moschiri hatte sich von ihr weggedreht. Sie stellte sich vor, was in ihm vorging. Er wandte sich ihr wieder zu. Seine Augen glänzten wie nasse Steine.

»Tarek ist … war … sehr eigensinnig, aber auch sehr neugierig. Wir haben ihn so erzogen, dass er Freiheiten hat, aber auch Grenzen kennt. Ich meine, er ist vier Jahre alt. Da ist ja jede Entwicklung noch am Anfang.«

»Sie müssen Ihren Sohn sehr geliebt haben«, sagte sie, um Moschiri zum Weiterreden zu ermuntern.

»Sehr«, sagte er und es klang ehrlich. »Wir haben viele Anläufe genommen, ihn zu bekommen. Es hat beinahe vier Jahre gedauert, bis Dorna schwanger war. Sie können sich vorstellen, dass die Familie meiner Frau im Iran drängte und drängte …«

»Verstehe«, unterbrach sie ihn. Sie interessierte sich jetzt nicht für persische Mentalitäten. Außerdem hatte sie selbst ein gewisses Alter erreicht und immer noch keine Kinder, und weit hinten in ihrem Kopf belastete sie dieser Umstand wie ein nicht ausgesprochenes, dunkles Geheimnis. »Und hier in der Bank? Wie laufen die Geschäfte? Ich habe gelesen, dass Ihre Bank in Turbulenzen steckt.«

»Wir haben das Gröbste hinter uns«, sagte er ausweichend.

»Ihre Frau sagt, Sie seien die letzten Wochen oft schlechtgelaunt nach Hause gekommen, hätten Tarek kaum gesehen, geschweige denn, sich mit ihm beschäftigt.«

Er sah ihr garstig ins Gesicht. »Nun machen Sie aber mal einen Punkt!«, donnerte er, sprang dabei erregt auf und baute sich wie ein Raubtier vor ihr auf.

Sie wich keinen Millimeter zurück.

»Haben Sie ein Alibi?«, fragte sie gnadenlos weiter. »Wo waren Sie gestern Nachmittag? In der Bank? Ohne Pause?«

»Kommen Sie mit«, herrschte er sie an.

Sie folgte ihm. Er betrat ein anderes Büro, in dem ein dürrer Mann mit einer Halbglatze, gekleidet in einem hellen Anzug und mit einer dunklen Krawatte saß.

»Entschuldige, Bernhard, das ist Kommissarin Lindenthal. Sie würde gerne wissen, wo ich gestern Nachmittag war. Es geht um den Tod meines Sohnes.«

Der dürre Mann blickte auf die Polizistin mit dem Ausdruck eines müden Gauls.

»Herr Moschiri war hier in der Bank. Wir können es uns nicht leisten …«

»Schon gut«, sagte die Kommissarin. Und an den Vater Tareks gewandt: »Tut mir leid, dass Sie diese Fragen zu ertragen haben. Aber ich muss und will jeden Verdacht gegen jede mir greifbare Person ausschließen.«

»Schon gut«, wiederholte Tareks Vater nur.

Sie glitt durch die Tür des Büros auf den Gang und marschierte mit festen Schritten aus der Bank. Sie hoffte, dass ihr Freund Paul sie beim Abendessen auf andere Gedanken bringen würde.

Der Weg zu den Gebäuden des Rudervereins, der sich direkt am Schweriner See in südlicher Richtung hinter dem Schloss befand, führte die Kommissarin an der Kindertagesstätte »Schlossgeister«

vorbei, in die Tarek mehr als zwei Jahre gegangen war. Es war eine mondän wirkende, hellgrau getünchte zweistöckige Villa im klassischen Stil, mit allerlei Zierrat an Scheiben und Türen. Der Spielplatz war breit und ausladend und von einem mannshohen Zaun umgeben. Die Holz-, Plastik- und Steinelemente zum Schaukeln, Wippen und Klettern waren in tadellosem Zustand. Die Kommissarin hielt sich die Hände vor die Augen und blickte durch eines der Fenster im Erdgeschoss ins Innere. Sie sah einen Raum mit Instrumenten, Tischen, Stühlen und vielen niedrigen Regalen. Kinder sah sie keine. Sie klingelte an der Tür. Eine resolut wirkende Frau mittleren Alters stand vor ihr und zupfte sich die Bluse zurecht. Eva Lindenthal zeigte ihren Dienstausweis. Die Frau bat sie herein.

»Sie wollen sicher zu Sabine Rackwitz?«

»Eigentlich ja«, sagte die Kommissarin. »Allerdings hatte ich mich bei ihr auch nicht angemeldet. Insofern …«

»Ich wollte auch gerade nach Hause gehen. Wir schließen um achtzehn Uhr, und alle Kinder sind bereits abgeholt. Ich bin die Leiterin von Tareks Gruppe, Frau Sauber. Sicher sind Sie wegen seines tragischen Ablebens hier.«

»So ist es«, sagte die Kommissarin und sog die Luft ein. Es roch nach Holz, verbrauchter Luft und einem Duft, wie ihn nur Kinder aussenden. Eine leicht säuerliche, aber warme Komposition aus Milch-, Haut- und flauschigen Haargerüchen. Hier störten weder olfaktorische Einflüsse von Kaffee oder Tabak noch die Schwere erwachsener Schweißausdünstungen.

»Wussten Sie, dass Tarek an einer schweren Krankheit litt?«, fragte Lindenthal.

»Nein«, sagte die Frau wahrheitsgemäß. »Was hatte er denn?«

»Wenn Sie es bisher nicht wussten, dann tut es jetzt auch nichts mehr zur Sache«, bügelte Eva Lindenthal sie ab. Gleichzeitig fragte sie sich, warum Tareks Mutter weder ihr noch der Kindergärtnerin von der Krankheit ihres Sohnes erzählt hatte. »War er ein beliebtes Kind?«, fragte sie die Erzieherin. »Gab es Auffälligkeiten? Haben Sie Erwachsene beobachtet, die sich mehr als erlaubt ist für die Kinder interessierten? Die ihnen folgten? Irgendein Anhaltspunkt?«

Die Frau dachte nach. Sie nestelte wieder an ihrer Bluse.

»Offen gesagt, achte ich nicht so sehr auf fremde Erwachsene. Wir versuchen, die Kinder zusammenzuhalten. Und was Tarek anbelangt: Er war sehr lebendig, manchmal auch streitsüchtig, aber immer freundlich.«

»Ich las, dass die Kita musisch begabte Kinder fördert. Malen Sie hier auch? Arbeiten Sie mit Silikon, stellen zum Beispiel auch Masken her?«

»Ja, wir malen viel, musizieren, machen manchmal auch kleinere Holzschnitzereien. Für alles andere fehlt uns aber das Geld. Masken basteln wir aus Papier, die aber schnell wieder zerreißen. Warum fragen Sie?«

»Darf ich mal so eine Maske sehen?«, überging die Kommissarin die Rückfrage der Erzieherin.

»Ja, kommen Sie mit in unseren Kunstraum.«

Schweigend führte die Erzieherin die Kommissarin in einen Raum, der sich am anderen Ende des Eingangsflures befand. Regale, hoch wie die Decke, waren mit Malzubehör, Papierrollen, Pinseln und Farben vollgestellt. An den Wänden hingen Bilder von Kindern, darunter auch Masken. Doch sie hatten keinerlei Ähnlichkeiten mit der Koboldmaske des toten Kindes. Diese hier waren von noch ungenauen und ungeschickten Kinderhänden gemacht und wirkten daher nicht fertig und sehr harmlos. Die Maske auf dem toten Kind hatte hingegen Professionalität und einen gewollt teuflisch wirkenden Ausdruck verraten.

»Wo ist Ihre Praktikantin Tanja? Ich würde gern mit ihr sprechen.«

»Wenn Sie einen Moment warten wollen? Sie putzt noch die Küche.«

»Ich warte«, sagte die Kommissarin. Sie nutzte die Abwesenheit der Erzieherin, um sich ausgiebig umzusehen. Doch wohin ihr Blick auch fiel: Überall Regale mit Stiften, Papier, Kreide, Knete und jede Menge Glaskugeln, die in hohen vasenähnlichen Gefäßen herumstanden. Und sie entdeckte ein Jesuskreuz, das ziemlich versteckt hinter einer Bücherreihe mit Märchen hervorragte.

Tanja kam ohne Begleitung. Sie war blass, trug die Haare hochgesteckt, an den Händen Gummihandschuhe, eine Schürze um den Leib.

»Wie geht es Ihnen?«, fragte die Kommissarin sanft.

»Nicht so gut«, antwortete Tanja leise. »Ich stehe wie unter Schock, weil ich mir die Schuld daran gebe, nicht aufmerksam genug gewesen zu sein.«

»Verständlich«, sagte die Kommissarin trocken. »Allerdings darf ich bemerken, dass niemand mehr als fünf Kinder auf einmal überwachen sollte. Ich kenne das aus meiner Kindheit. Meine Schwestern und ich haben meine Mutter oft genug damit genarrt, dass wir als Gruppe auftraten und somit nicht mehr einzeln zu kontrollieren waren.«

»Wie viele Geschwister haben Sie denn?«, fragte Tanja.

»Sechs. Fünf Schwestern, einen Bruder. Ich bin die Zweitälteste.«

»Wow«, entfuhr es der jungen Praktikantin. »Wie hält man sechs Geschwister aus?« Sie lächelte.

Eva Lindenthal blieb ernst.

»Indem man irgendwann eine Führungsrolle übernimmt. So habe ich den Schwarm in Schach gehalten.«

»Und wer hat Sie dann in Schach gehalten?«

»Mein Bruder. Er ist der Älteste von uns und somit der ungekrönte König. Wir haben ihm vertraut.« Die Kommissarin schwieg kurz. Dann fragte sie: »Was haben Sie für sich eigentlich daraus gelernt, dass Ihnen das Versteckenspielen der Kinder entgangen ist? Wenn ich richtig liege, haben Sie zu Protokoll gegeben, dass Sie mit Ihrem Handy beschäftigt waren.«

Tanja sah an der Kommissarin vorbei aus dem Fenster. Der Kommissarin fiel auf, dass die Augen ihres Gegenübers feucht zu schimmern begannen.

»Ich habe mich von meinem Freund getrennt«, antwortete das Mädchen. »Er hat mich übers Handy mit Fragen über das Warum bombardiert, obwohl er wusste, dass ich Kinder zu beaufsichtigen hatte. Und jetzt habe ich die Zukunft eines kleinen Jungen auf dem Gewissen …« Tränen sprangen aus Tanjas Augen.

Die Kommissarin trat auf sie zu und nahm sie in den Arm.

»Das haben Sie nicht«, sagte sie. »Sie haben lediglich die Prioritäten falsch eingeschätzt. Ein Handy kann man auch ausmachen.«

»Ich weiß«, sagte Tanja. »Und dennoch hat er mich bedrängt, und ich habe mich bedrängen lassen. Er war rücksichtslos, obwohl er wusste, was ich zu tun hatte. Ich brauchte diese Entscheidung der Trennung, um ein Gefühl von Schuld loszuwerden.«

»Das ist auch ein Weg …«, antwortete die Kommissarin, verkniff sich aber weitere Kommentierungen.

Die Erzieherin war zu ihnen in den Raum getreten.

»Ich müsste dann nach Hause«, sagte sie.

»Ich gehe schon«, antwortete die Kommissarin. Und an Tanja gewandt: »Hier ist meine Karte. Wenn Sie reden wollen, ich höre zu.«

Tanja sah Eva Lindenthal dankbar an. Sie nahm das kleine Stück Karton an sich, knotete aber ihre Finger dann nervös ineinander. Das blieb der Kommissarin nicht verborgen. Sie sandte Tanja einen fragenden Blick.

»Seit Tareks Verschwinden werden wir mit Anrufen besorgter Eltern bombardiert, die wissen wollen, ob wir die Kita im Griff haben.«

Die Erzieherin fuhr dazwischen: »Tanja!«

»Lassen Sie sie reden«, zischte die Kommissarin.

»Ich kann mir nur wünschen, dass Sie den Täter schnell finden«, sagte das Mädchen.

»Nicht nur unser Ruf, auch unsere Wirtschaftlichkeit steht auf dem Spiel«, ergänzte die Erzieherin.

»Verstehe«, sagte die Kommissarin kurz, »ich tue mein Bestes.« Sie verabschiedete sich.

Auf dem Weg zum Restaurant des Rudervereins fielen der Kommissarin das junge Birkengrün und die dicht mit Hecken bewachsene Grundstücksbegrenzung auf. Über das Wasser des Sees zog eine frische Brise. Paul hatte sich in eine rote Fleecedecke gehüllt und unter einen Heizstrahler gesetzt. Eva begrüßte ihn mit einer Umarmung und einem Kuss. Sie setzte sich ihm gegenüber. Er griff nach ihrer Hand. Sie blickte ihn an und bewunderte insgeheim mal wieder sein kantiges, männliches Gesicht, dessen Star die Augen waren, deren Farbe zwischen Blau, Grün und einem dunklen Ocker changierte. Paul war etwas jünger als die Kommissarin und arbeitete als Violinist im Orchester des Staatstheaters von Schwerin. Er hatte weiche und warme Hände.

Der Kellner kam. Ein hochgewachsener, junger Mann mit dunklen, gut frisierten kurzen Haaren. Er sah auf seine Gäste wie alle Kellner, die ihren Job nicht wirklich mochten: mit Ungeduld und Schweigen.

»Können Sie uns etwas empfehlen?«, fragte Paul.

Der Kellner spulte tonlos zwei Gerichte ab.

Paul blickte fragend auf Eva.

»Ich nehme das Kalbsragout mit den Bohnen«, sagte sie. »Dazu einen Weißwein aus dem Friaul und ein Glas stilles Wasser.«

Paul lächelte.

»Für mich das Gleiche, bitte«, sagte er.

Der Kellner nickte so langsam mit dem Kopf, als habe er einen steifen Hals. Er trottete davon. Paul fasste nach ihrer Hand, die sie ihm bereitwillig überließ.

»Kommst du voran im Fall Tarek?«

»Nicht so, wie ich es mir vorstelle. Allerdings gibt es einen Hinweis, der mich … wie soll ich es ausdrücken … elektrisiert. Das tote Kind trug eine Maske, die ihm wohl der Täter übergestülpt hat. Sie ist aus Silikon und könnte in einer Theaterwerkstatt hergestellt worden sein. Euer Haus hat so eine Werkstatt. Würdest du mir einen Kontakt verschaffen?«

»Alles, was du willst, mein Schatz«, sagte Paul und blickte sie warm an.

Eva durchströmten Gefühle des Glücks. Sie war verliebt, so viel stand fest.

»Wie sehr belastet dich diese Sache?«, fragte er.

»Ich wäre eine schlechte Kriminalerin, wenn ich meine Fälle mit nach Hause nehmen würde. Aber Kindesentführung mit Kindstod ist schwerwiegend, unmenschlich und – um mit der Jugend zu sprechen – krass. Es beschäftigt mich intensiv, ich empfinde ein großes Mitgefühl mit den betroffenen Eltern, aber wie gesagt, es darf mir den objektiven Blick nicht verstellen …«

»… oder dich so belasten, dass du nicht mehr an mich denkst?« Paul grinste sie an.

»Paul«, sagte sie streng, »das klingt pubertär. Natürlich denke ich nicht in jeder Minute meines Alltags an dich. Aber wie sollte ich dich über meine Arbeit vergessen? Du bist der Mittelpunkt meines Lebens.«

»Das hast du aber schön gesagt.« Seine Augen blitzten verführerisch.

Hitze stieg augenblicklich in ihr auf.

»Aber zusammenziehen mit mir, das willst du nicht?«

Ihre Hitze kühlte augenblicklich ab. Das alte Thema, das auch sie beschäftigte, das sie aber verdrängte. Sie glaubte, mehr mit sich und ihrem Job als mit ihm und ihrer gemeinsamen Liebe beschäftigt sein zu können.

»Paul«, legte sie viel Schmelz in ihre Stimme, »wir kennen uns jetzt seit knapp einem Jahr. Ich finde, es läuft gut so, wie wir es uns organisiert haben. Wir sehen uns ein-, zweimal die Woche, oft am Wochenende, wir haben wirklich guten Sex, wir können gut miteinander reden, die Chemie stimmt. Warum also eine gemeinsame Wohnung? Offen gesagt …«, sie machte eine kurze Pause, »… offen gesagt, würde ich mich vor dir genieren, wenn du von meinen Kämpfen und Zweifeln, die mein Job mit sich bringt, zu viel mitbekommst. Ich fürchte mich tatsächlich davor, dass du es unattraktiv findest, wenn ich abgekämpft, müde und lustlos ins Bett falle, während du vielleicht auf Zärtlichkeiten hoffst.«

Der Kellner brachte den Wein. Sie prosteten sich schweigend zu und tranken jeweils einen kleinen Schluck.

Paul blickte an ihr vorbei auf den See. Möwen stritten um ein Stück Brot, das ein Vogel soeben von einem weiter hinten platzierten Tisch ergattert hatte.

»Warum vertraust du mir nicht?«, fragte er sie. »Glaubst du, ich würde dich zu sehr einengen?«

Die Kommissarin baute mit ihren Händen unter dem Tisch eine Raute. Ihre Fingerspitzen trommelten dabei immer wieder gegeneinander. Sie liebte Paul, sie liebte seine Nähe und sie liebte seinen Sex. Doch sie liebte auch ihren Beruf und gab sich ihm gern mit Haut und Haaren hin. Sie legte jetzt Strenge in ihre Stimme.

»Mit Vertrauen hat das nichts zu tun. Eher damit, dass ich bereit bin, dich zu lieben, aber nicht in der Lage bin, meinen Alltag mit dir zu teilen. Dafür bin ich vielleicht auch nicht geschaffen. Oder besser: *Noch* nicht geschaffen. Auch ich entwickle mich weiter und möchte die Zeit haben, mich auch weiterentwickeln zu dürfen.« Sie löste ihre Handraute auf und griff nach ihrem Glas.

Beide schwiegen, und so lag ein Knistern in der Luft, wie kurz vor einem Gewitter, wenn die Natur plötzlich merkwürdig schweigt. Doch Paul war klug genug, sich emotional nicht zu entladen. Vielmehr sagte er freundlich:

»Meinst du, du schaffst es, den Fall bis Norwegen zu lösen? Auf unseren gemeinsamen Urlaub freue ich mich nämlich sehr.«

»Ich hoffe«, sagte sie, und es klang eine Spur müde, »unser Urlaub ist ja erst in knapp zwei Monaten. Wenn ich richtig gut bin und das Glück auf meiner Seite ist, dann sitzt der Täter da bereits in U-Haft.«

»Und wenn nicht? Wenn der Fall sehr viel komplizierter ist?« Paul schurrte unruhig mit seinen Füßen auf den Terrassendielen unter sich.

Sie blickte ihn mürrisch an. Entlud sich jetzt doch ein Gewitter? Doch auch Eva entschied sich gegen eine Eskalation, obwohl sie im Moment Lust darauf hatte, ihn und die ganze Welt anzubrüllen. Ihr ging das Verbrechen gegen ein Kind sehr viel näher, als sie sich eingestand.

»Sag nicht solche Dinge«, antwortete sie ihm im ruhigen Ton. »Jedes Verbrechen ist auf seine Weise einzigartig, so wie der Mensch einzigartig ist, der es verübt. Ich weiß nicht, zu welcher Kategorie Täter der oder die Gesuchte gehört. Ist er krank, irr, eine Bestie oder handelt er aus Überzeugung? Um dem auf die Spur zu kommen, braucht es Zeit.«

Sie griff nach seiner Hand. Er ließ es gewähren.

»Und was denkst du über einen Täter, der ein Kind erst entführt und dann tötet?«, fragte er interessiert.

»Der Tathergang spricht zur Zeit für zwei Möglichkeiten.« Sie war froh, dass er die emotionale Schiene verlassen und ihr Gespräch in professionelle Bahnen gelenkt hatte. »Zum einen könnte er ein pathologisch gestörter, im krankhaften Wahn handelnder Irrer, zum anderen ein zwar gleichwohl gestörter, aber aus Überzeugung handelnder Täter sein, der, aus welchen Gründen auch immer, möglichst viel Gewalt anwenden wollte.« Sie schwieg einen Moment. Sie trank, stellte das Glas ab. Dann begann sie zu sinnieren, so, als säße sie allein am Tisch. »Ich neige dazu, im Fall Tarek eine Tötung durch die Eltern auszuschließen. Es passt nicht zu ihnen. Aus der Kriminalpsychologie weiß man vor allem über Männer, dass sie ihre Kinder töten, wenn es schicksalhafte Ereignisse in ihrer eigenen Kindheit gab oder sie ihre Kinder dafür verantwortlich machen, dass Lebensplanungen zerstört wurden.«

»Was meinst du damit?«, fragte Paul. Er nippte an seinem Glas. Der Duft frischen Essens umwehte ihren Tisch. Allmählich brach die Abenddämmerung an.

»Wenn ihre Frau sie verlassen will, wenn sie ihren Job verlieren oder Ähnliches. Diese Männer haben das Gefühl, dass ihnen der Boden unter den Füßen weggerissen wird. Sie suchen ein Opfer, das schwächer ist als sie selbst. Zum Beispiel Kinder. Aber auch schwere depressive Erkrankungen, die mit absoluter Hoffnungslosigkeit einhergehen, können der Grund sein, um ein Kind zu töten.«

»Denn ein Mörder war auch mal ein Kind?«, fragte Paul. »Meinst du das?«

»Im Grunde schon«, sagte sie. »Es gab Fälle, da brachten Erwachsene statt sich selbst als Ausgleich ein Kind um. Das nennt man erweiterten Suizid. Bei den Männern mit Wahnvorstellungen ist eine solche Tat das Ende einer längerfristigen Entwicklung. In anderen Fällen, etwa wenn ein ohnehin depressiver Mensch die Kündigung erhält, wird der Entschluss häufig sehr spontan getroffen.«

»Das ist interessant«, sagte Evas Gefährte. »Aber was ist mit den Müttern? Töten die nicht auch Kinder? Gab es da nicht schon genug Fälle?«

»Wenn Mütter mit kleinen Kindern so etwas tun, sind sie meist tief depressiv und hoffnungslos. Sie haben dann zum Beispiel das Gefühl, die Welt gehe bald unter, wir würden alle bald verhungern. Also Kindstötungen aus altruistischen Motiven. Oft sind es Morde an Neugeborenen. Fast jede Woche gibt es Meldungen über entdeckte Babyleichen. Meist liegen ihnen sogenannte verschwiegene Schwangerschaften zugrunde. Also eine Schwangerschaft, die es in der Wahrnehmung der Frauen nicht gegeben hat, nicht geben durfte. Sie verbergen ihren Babybauch unter weiter Kleidung, verstricken sich in Lügengespinste. Das dramatische Ende: Eine Geburt, die sie unter höchsten physischen und psychischen Qualen ganz allein durchstehen.«

»Das erleichtert nicht deine Suche nach dem Täter«, sagte Paul.

Die Kommissarin nickte wie geistesabwesend mit dem Kopf. Ihr Essen kam. Sie redeten nicht mehr viel miteinander und blieben in dem Restaurant nicht länger als nötig.

Doch in der sich anschließenden, gemeinsamen Nacht in Evas Einzimmerwohnung direkt neben dem Polizeipräsidium stellten sie in ihrer Hingabe und ihrer Lust die aktuell vorherrschenden Temperaturen des Schweriner Aprils um Längen in den Schatten.

6

Wismar, am nächsten Tag

Der Alte Hafen mit dem Prachtexemplar *Wissemara*, einem originalgetreuen Nachbau einer Kogge aus dem 14. Jahrhundert, war der Lieblingsspielplatz von Friedrich und seinen Freunden. Derartige Schiffe, die eine Last von bis zu zweihundertfünfzig Tonnen mit sich führen konnten, hatten vornehmlich Massengüter wie Holz und Salz transportiert und somit die Basis für die wirtschaftliche Macht und den Aufstieg der Hansestädte im Ost- und später auch im Nordseeraum gebildet. Es war später Nachmittag, Wolken spielten Jagen und zogen schnell vorüber. Auf der Erde war vom Wind in großer Höhe nicht viel zu spüren. Vom Seehafen gegenüber, in dem gerade die Holzfracht eines Schiffes von einer beeindruckenden Tonnage gelöscht wurde, hallten donnernde Geräusche herüber.

Friedrich liebte die Kogge, die mittelalterlich aussah, deren Nachbau aber nur wenige Sommer zurücklag. Der Junge wohnte in der Altstadt von Wismar, Tür an Tür mit seinem besten Freund Erik, der mit seinen Zwölf ein Jahr älter als Friedrich war. Friedrich war von eher schmaler Statur, mit einem blassen Kindsgesicht. Erik hingegen war ein kleiner Brocken, stark und kräftig und für sein Alter schon recht hochgeschossen. Ihm wuchs bereits ein leichter Flaum auf der Oberlippe.

Friedrich trug, wie an jedem Tag, einen kleinen Rucksack über der Schulter, in der Spritzen für Insulin lagerten. Friedrich war Diabetiker des Typs 1, seine Bauchspeicheldrüse arbeitete nicht mehr und so musste das künstlich zugeführte Insulin den aufgenommenen Nahrungszucker, wie er zum Beispiel in Kartoffeln vorkommt, künstlich spalten. Die Kogge *Wissemara* war schon deshalb sein Lieblingsspielplatz, weil er mit seinem Freund an

Bord gern gesehen war. Manchmal räumten sie sogar mit auf, wenn die Kogge mal wieder mit Touristen zum Segeln ausgelaufen war und Feste stattgefunden hatten. So war es auch heute. Friedrich und Erik räumten Geschirr und Essensreste zusammen, wobei Friedrich vor allem von einem enormen Rest Gulasch fasziniert war, der noch immer in einem großen Kessel dampfte.

»Darf ich?«, fragte er die Kellnerin, die ihn schon einige Monate kannte. Sie war eine rundliche Person mittleren Alters und strahlte Freundlichkeit und Resolutheit aus.

»Klar, nimm nur, in der Kombüse sind Teller und Löffel.«

Friedrich verschwand auf der Toilette, spritzte sich das Insulin und füllte sich dann im Großraum einen Teller auf. Erik sah ihm dabei eher desinteressiert zu. Er ging nie ohne etwas zu essen aus dem Haus. Anders Friedrich.

»Schling nicht so, Digga, kriegste zu Hause nix zu futtern?« Erik feixte.

Friedrich grinste. Er liebte Gulasch. Er schwieg und mampfte das Fleischgemisch in sich hinein.

»O Mann, bin ich voll«, sagte er wenig später, hielt sich seinen Bauch und verdrehte die Augen.

»Los Jungs, gibt noch viel zu tun!«, hörten sie die Kellnerin rufen.

Beide sprangen auf. Sie drückte Friedrich einen prallgefüllten Müllbeutel in die Hand.

»In die Biotonne, hundert Meter von hier. Zu dem hohen Speicher, wo das Wort ›Getreidewirtschaft‹ aufgemalt wurde. Die Tonne ist braun. Nicht blau, nicht grau, nicht gelb, nicht grün. Merkst du dir das?«

»Klar«, sagte Friedrich mit prahlerischer Stimme, »bin ich farbenblind?«

»Nein«, sagte sie lächelnd, »aber schwer vergesslich.«

Er nickte zustimmend und trabte davon.

Erik sortierte Teller aus der Spülmaschine in die mit Holz eingefassten Regale. Die Kellnerin hatte sich über die Abrechnung gebeugt. Es vergingen zehn Minuten.

»Wo ist denn dein Freund geblieben?«, fragte sie Erik. Der stellte gerade Tassen in die Anrichte. Es klirrte unangenehm.

»Der chillt bestimmt draußen an der Gangway und beobachtet Fische im Hafenbecken. Er ist ein fauler Sack.« Erik griente, die Kellnerin lächelte.

»Aber ihr seid ein gutes Team«, sagte sie.

Erik hob den Daumen. Der Satz hatte ihm gefallen.

Weitere Minuten vergingen. Der Geschirrspüler war inzwischen leer.

»Ich gehe mal nach ihm gucken«, sagte Erik.

»Mach das, aber Achtung mit den Stufen.«

»Easy«, sagte Erik und machte rhythmische Handbewegungen wie ein Rapper. Er summte den Anfangsakkord aus »Lose Yourself« von Eminem. Er sang so laut – *»bapabapa, bapabapa, bapabapa, bapabapa, bapabapa, bapabapa, bapabapa …«* –, dass die Fetzen der populären Melodie noch durch das Schiff wehten, als er längst an der Hafenkante stand.

Er erblickte Friedrich nicht. Erik lief in Richtung des Speichers mit der alten Aufschrift des VEB Getreidewirtschaft. Er blickte in die Biotonne, doch die war leer. Kein Müllbeutel vom Schiff, nichts. Erik ergriff Panik. Er rannte die knappen fünfhundert Meter zu den Buden, aus denen heraus Fischbrötchen, Bratwürste und Sandwiches an Touristen verkauft wurden. Doch so oft er ihn auch rief, er fand Friedrich nicht. Er rannte weiter durch den Hafen in die Altstadt zu sich nach Hause.

Schweratmend und schwitzend klingelte er an der Wohnungstür von Familie Claus, Friedrichs Eltern. Die Mutter öffnete, sah erstaunt und auch ein bisschen verärgert auf Erik und schmollte:

»Wo wart ihr? Seid längst überfällig, ist schon nach neunzehn Uhr!«

»Hallo Christine, Friedrich ist verschwunden«, sagte Erik

atemlos und verängstigt. »Einfach weg, mit einem Müllbeutel voller Essen, von der *Wissemara*, du weißt schon, die alte Kogge …«

»Nun mal langsam, Kind. Was heißt ›Friedrich ist weg‹? Komm erst mal rein.«

Erik schlüpfte durch die Tür, die Friedrichs Mutter hinter ihm leise zudrückte.

»Nicht so laut«, legte sie einen Finger auf den Mund, »Friedrichs Papa schläft. Er hat Nachtschicht, weißt du? Und jetzt erzähl in Ruhe. Wo ist Friedrich?«

»Weg. Verschwunden.«

Erst jetzt schien Friedrichs Mutter zu dämmern, dass es Erik ernst meinte. Sie sprang aus dem Sessel hoch, in den sie eben erst gesunken war. Sie war eine etwas korpulente Person von Mitte dreißig. Hektisch strich sie ihr langes, dunkles, unfrisiertes Haar aus der Stirn.

»Von vorn erzählen!«, herrschte sie Erik jetzt an.

Der erzählte ihr, was sie am späten Nachmittag und Abend auf dem Segler gemacht hatten.

»Also wie immer«, antwortete Christine Claus.

»Wie immer. Friedrich hat Gulasch gegessen …«

»Hat er sich vorher gespritzt?«, fragte sie aufgeregt.

»Ja klar«, sagte Erik eine Spur ungehalten.

»Wo hast du ihn zuletzt gesehen?«

»Auf dem Schiff.«

»Und wann bist du ihn suchen gegangen?«

»Nach 'ner halben Stunde ungefähr.«

»Warum so spät?«

»Weil Friedrich sonst immer Fische guckt im Hafenbecken, da hatte ich keine Lust drauf.«

»Verstehe.« In den Augen von Friedrichs Mutter sah Erik ein feuchtes Glitzern.

»Und was tun wir jetzt?«, fragte Erik sie. Seine Stimme zitterte leicht. Er spürte, dass auch er nasse Augen bekam.

»Wir rufen die Polizei an!«

Entschlossen griff Christine Claus zum Telefon und wählte die 110. Sie schilderte dem Beamten am anderen Ende, was sie wusste und was sie nicht wusste. Nach etwa fünf Minuten legte sie auf.

»Die Polizei ist gleich hier«, sagte sie mit tonloser Stimme. »Und du gehst besser rüber zu Maria und sagst deiner Mutter, dass sie später zu mir kommen soll. Ich wecke erst mal Friedrichs Papa. Jetzt werden alle Köpfe gebraucht.« Sie strich Erik übers Haar. Freundlich sah sie dabei nicht aus. Eher niedergeschlagen, deprimiert, entmutigt.

Erik trottete aus der Wohnung, schellte an der Tür gegenüber, berichtete seiner Mutter kurz von dem Vorfall und schloss sich dann in seinem Zimmer ein. Er überschaute nicht, was es für Möglichkeiten für das Verschwinden von Friedrich gab. Aber er spürte eine diffuse Angst in sich aufsteigen und fürchtete sich davor, dass die nächsten Stunden nichts Gutes bereithalten könnten.

Er vermisste seinen besten Freund jetzt schon. Er warf sich auf sein Bett und steckte den Kopf unter das Kissen, auf dem sich kleine Bärchen bunte Bälle zuwarfen.

Die beiden Beamten des Kriminalkommissariats Wismar waren freundlich und beredt, wobei einer der beiden einen Tick zu haben schien. Er fasste sich beim Sprechen beständig an die Nase – so als kitzelte ihn dort etwas. Der andere war sehr viel jünger, sportlich gebaut, vom Typ Frauenschwarm.

Friedrichs Mutter bat sie in die Küche. Sie hielt sich an einem Stuhl fest. Ihr war schwindlig. Sie erzählte, was sie wusste.

»Wo ist der andere Junge?«, fragte der Polizist mit der kitzligen Nase. Er war etwas schwergewichtig. Er atmete hörbar ein und aus.

»Er wohnt nebenan. Die Jungs sind lange befreundet.«

»Trauen Sie ihm zu, dass er seinen Freund ins Hafenbecken geschubst haben könnte?«

Christine Claus erschrak, wohl aufgrund der Direktheit der Frage. Sie fasste sich schnell wieder.

»Nein, die beiden lieben sich wie Brüder. Wenn ich mir alles versuche vorzustellen, was es an Niedertracht im Leben gibt: Aber dass Erik meinem Sohn ein Leid angetan haben könnte, das fiele mir nicht im Traum ein.«

Die Polizisten sahen sich an.

»Ist er schon mal ausgebüchst?«, fragte der Frauenschwarm.

»Nein, traut er sich gar nicht. Er muss Medikamente nehmen. Insulin. Er ist Diabetiker. Und mehr als drei Spritzen gebe ich ihm nie mit. Das reicht für einen Tag.«

Wieder sahen sich die Polizisten an – jetzt bedeutungsvoller.

»Wir leiten sofort eine Fahndung nach ihm ein. Wenn Sie sagen, dass er seine Medikamente nur für einen Tag hat, sollten wir ihn schnell finden. Normalerweise warten wir ab. Die meisten Ausreißer kommen nach zwei bis zwölf Stunden von allein wieder heim. Meist, weil sie Hunger haben.« Der Nasen-Polizist grinste vieldeutig. Friedrichs Mutter blieb ernst.

»Bitte … machen Sie alles Mögliche … er ist unser einziges Kind …« Sie schniefte.

»Wo ist eigentlich Ihr Mann?«, fragte der jüngere Polizist.

»Er hat gleich Nachtschicht im Hafen, schläft jetzt vor. Soll ich ihn holen?«

»Ja, bitte.«

Friedrichs Mutter verließ die Küche, ließ aber die Tür einen Spalt offen.

Kurz darauf hörten die Beamten eine Männerstimme. Die Tür öffnete sich. Ein Mann mit der Figur eines Preisboxers, tätowiert mit bunten Bildchen, baute sich vor ihnen auf wie ein Berg vor einer Ebene.

Der Mann sah müde aus, er gähnte kurz.

»Stefan Claus«, sagte er zu den Beamten, »ich habe ein Nickerchen gemacht. Wo ist Friedrich?«

»Das wissen wir noch nicht«, sagte der ältere Beamte. »Wir sind quasi die Vorhut, falls ein Suchtrupp nötig wird. Aber meist kommen die Kinder nach wenigen Stunden ...«

»Jaja ... ich gucke auch Filme«, sagte Stefan Claus grob. »Wie bekommen wir Gewissheit, dass er wohlauf ist?«, fragte er.

Christine Claus schlich um die drei Männer herum wie eine hungrige Katze. Der Ältere der Polizisten sah auf seine Uhr. Er machte ein bedenkliches Gesicht.

»Es wird dunkel und es wird später und später. Ich denke, wir besprechen das im Präsidium und halten Sie auf dem Laufenden. Komm«, sagte er zu seinem Kollegen.

Die Polizisten trampelten aus der Wohnung. Der Sportliche drehte sich an der Tür noch einmal um.

»Bleiben Sie möglichst wach, falls wir Neuigkeiten haben.«

»Glauben Sie etwa, wir könnten schlafen?«, fragte Friedrichs Vater zurück.

»Bis eben konnten Sie«, antwortete der Polizist. »Und halten Sie sich morgen für Aussagen im Kommissariat bereit. Und versuchen Sie ruhig zu bleiben.«

Der andere Polizist kratzte sich die Nase und nickte mit dem Kopf. Er schwieg, tippte sich aber zum Abschied an die Mütze.

Die Tür schloss sich. Friedrichs Mutter überfiel ein heftiger Weinkrampf. Stefan Claus nahm sie in die Arme. Seine Augen verrieten Furcht.

7

Kirchdorf, Insel Poel

Toni Kielmann arbeitete seit mehr als acht Jahren als Kriminaloberkommissar in Wismar, und wenn man ihn fragte, warum er seinen Job machte, antwortete er stets dasselbe: Hätte ich Verbrecher werden sollen? Toni war siebenunddreißig Jahre alt, verheiratet, hatte ein Mädchen und einen Jungen im Alter von neun und dreizehn Jahren, glaubte an Gott und ging, wenn es seine Zeit erlaubte, in eine der vielen Kirchen in Wismar. Er war Protestant, trug ein Kreuz um den Hals und erschien zum Dienst in gepflegten Hosen, gepflegten Hemden und gepflegten Jacketts. Allerdings hatte er einen etwas weiteren Weg als seine Kollegen. Er wohnte seit seiner Kindheit im Haus seiner Großeltern auf Poel, dicht am Meer, etwa zwölf Kilometer von Wismar entfernt. Der Ort hieß Kirchdorf. Ganz in der Nähe, Am Schwarzen Busch, hatte seine Kollegin Lindenthal ein Eigentumsapartment am Meer. Doch davon wusste er nichts.

Kielmanns Großeltern waren früh verstorben, und er hatte das Haus nach seiner Volljährigkeit mit großzügiger Unterstützung seiner Eltern übernommen. Es war ein kleines Kapitänshaus im Stadtzentrum des Ortes. Bäcker und Supermärkte lagen um die Ecke, die Landstraße nach Wismar begann nur einen Steinwurf von seinem Haus entfernt. Kielmann war ein alerter Typ, und er hatte in seiner Karriere bisher zwei Mörder und fünf gewalttätige Räuber aufgespürt. Er hatte den gleichen Status wie seine Kollegin Eva Lindenthal in Schwerin. Er leitete die Abteilung »Gewalttaten gegen Leben und Gesundheit« zwar nicht, aber er war auch nicht ihr letztes Glied. Er war dabei, Karriere zu machen.

Noch in der Nacht landete die Vermisstenmeldung des kleinen Friedrich auf seinem Handy, gesendet von einer Polizeidienststelle in Wismar-Mitte. Trotz eines Aufgebots von vier Polizeibesatzungen gab es von dem Elfjährigen keine Spur. Und ehe ein Misserfolg an Streifenpolizisten hängenblieb, ging man in der Polizeidienststelle lieber auf Nummer sicher. Wenn ein Kommissar Bescheid wusste, sollte der entscheiden, was zu tun sei, und die Straßenpolizei war fein heraus. Nur: Es war nach zwei Uhr morgens und Toni Kielmann im Tiefschlaf gewesen. Er las die SMS, die mit einem nervigen Geräusch seine Träume zerschnitten hatte, noch einmal: »Ein Elfjähriger verschwunden. Name: Friedrich Claus, Besonderheit: diabeteskrank. Wichtigkeit: Hoch.«

»Shit«, fluchte er leise.

Kielmann rappelte sich auf, drückte eher grob in die Shorts zurück, was ihm vorwitzig aus der Hose ragte, und stolperte in sein Bad. Seine Frau Claudia, die neben ihm lag, hatte nichts mitbekommen. Sie schlief stets mit Ohropax, weil sie extrem geräuschempfindlich war. Er blickte mit dem Ausdruck entspannter Zuneigung auf sie; und stellte sich doch kurz vor, wenn dort zwei Frauen liegen würden …

Nach der Toilette duschte er oberflächlich, schlüpfte in seine Kleidung, strich sich die etwas widerborstigen Haare glatt und verließ die Wohnung. Zu nachtschlafender Zeit in Kirchdorf einen Kaffee zu bekommen war illusionär. Kielmann hielt sich an einen Energydrink, den er aus einer Kühltasche im hinteren Teil seines Autos fummelte. Mit solcherlei Freezern war er spätestens ab März immer unterwegs, denn Toni war nicht nur ein Kommissar aus Leidenschaft, er war auch ein Koffein- und Taurinjunkie.

Noch im Auto entzündete er eine Zigarette, fuhr aber alle Fenster herunter. Dieses Laster, das er eher als Lust empfand, hatte ihm bislang niemand abgewöhnen können – und schon gar nicht er sich selbst. Er schnippte die Asche in ein Gefäß, das in der Dunkelheit eine Menge Bling-Bling machte. *Ashtray Made in China*, stand auf seinem Boden weiß aufgedruckt. Bunte LEDs markierten die Öffnung, damit niemand versehentlich danebenaschte.

Die Polizeiinspektion Wismar residierte in einem ausladenden Gebäude in der Rostocker Straße, von der aus man zügig an die Ostsee, den Hafen und die Altstadt gelangte. Kielmann schwang sich in seinem Büro mit sportlichem Elan auf seinen Drehstuhl, schaltete den Rechner ein, rief das Intranet der Polizeibehörde auf und überflog zunächst, was die Kollegen der Streifenpolizei bislang über den vermissten Friedrich wussten.

»Shit«, murmelte er erneut. Dieser Fluch war eine Art Tick Kielmanns. Er rief den diensthabenden Beamten seiner Behörde an und besprach mit ihm das weitere Vorgehen.

»Wo wart ihr überall?«, fragte er.

»Wir haben das Hafengelände abgesucht, haben in anliegenden Restaurants und Bars gefragt, haben die Mutter besucht. Der Vater schlief. Beide halten sich für eine Aussage bereit, falls Friedrich bis heute früh nicht wieder aufgetaucht ist.«

»Was ist mit den Polizeitauchern?«, fragte Kielmann.

»Könnten ab sechs Uhr ins Hafenbecken. Früher sieht man nichts.«

»Übermitteln Sie an alle Beteiligten, dass auch sein Freund Erik und dessen Eltern gemeinsam mit Friedrichs leiblichen Angehörigen hier erscheinen. Und schicken Sie morgen noch einen Vernehmungsbeamten zur Schule von Friedrich. Der Klassenlehrer kann uns vielleicht Hinweise geben. Alle Maßnahmen aber erst, wenn … na, Sie wissen schon …«

»Geht klar.«

»Noch etwas«, sagte Kielmann in den Hörer. »Stellen Sie mir alles über den Tod von Tarek Moschiri zusammen. Das Verschwinden beider Kinder liegt auch örtlich verdammt nah beieinander.«

»Das stimmt. Sehen Sie einen Zusammenhang?«

»Dafür ist es vielleicht noch ein bisschen früh. Wer ermittelt eigentlich in Schwerin?«

»Moment«, schnarrte es in den Hörer. »Ich habe es gleich.« Kielmann hörte ein Rascheln.

»Eva Lindenthal. Kriminaloberkommissarin. Gleicher Rang wie Sie, Herr Kielmann.«

»Das wäre mir fast entgangen«, brummte Kielmann mit vor Ironie triefender Stimme in den Hörer.

»Dann noch eine stressfreie Nacht, Herr Kollege.«

»Ebenso.« Beide legten auf.

Eva Lindenthal. Er kannte sie von einer gemeinsamen Ermittlung, die allerdings schon mehr als vier Jahre zurücklag. Damals war ein Mann aus Wismar gegen einen Straßenbaum hinter dem Ortseingang von Schwerin gerast und noch vor Ort verstorben. Was zunächst wie ein Unfall ausgesehen hatte, war aber Mord gewesen. Das Auto des Mannes war von einem Geschäftskonkurrenten manipuliert worden, so dass die Lenkstange gebrochen und somit das Auto nicht mehr beherrschbar gewesen war.

Lindenthal hatte sich im Gedächtnis von Kielmann als eine hübsche und kluge, aber auch ehrgeizige und rigorose Kommissarin verankert. Mit etwas gemischten Gefühlen trat er an eines seiner Bürofenster. Sie waren bei ihren Ermittlungen nicht immer einer Meinung gewesen. Er war gespannt, wie es dieses Mal laufen würde. Unter ihm auf der Straße funkelten die Laternen in der Dunkelheit wie kleine Diamanten.

8

Wismar, am nächsten Tag

Weil sich die Suchtrupps mit ihren Leichenspürhunden auf das Hafenbecken, die Schiffe, die Be- und Entladungsstationen sowie die umliegenden Kneipen, Buden und kleineren Grünflächen konzentriert hatten, waren sie bislang noch nicht in jener Seitenstraße angelangt, die vom Hafen durch die Altstadt auf den Wismarer Markt führte. Hier waren Bagger dabei, eine riesige Baugrube auszuschachten, aus der in den nächsten Monaten eine schicke Wohnanlage erwachsen sollte. Doch noch war die Grube nicht vollständig ausgehoben, noch parkten Autos am Rand des Bauzauns, dazwischen ein in die Jahre gekommener Auto-Anhänger mit der Werbung eines Handwerksbetriebs aus Wismar.

Während eine Armada an Tauchern das weitläufige Hafenbecken durchschwamm, Polizisten über das Hafengelände streiften und ihre Hunde ermahnten, aufmerksam zu sein, spazierte etwa zur selben Zeit ein Wismarer Anwohner mit seinem Vierbeiner, einer Mischung aus Golden Retriever und Irish Setter, durch die von Baggern und Bauzäunen zerrissene kleine Seitenstraße. Er war es gewohnt, hier seinen Hund auszuführen, und der Hund war es gewohnt, hier seine Marken zu hinterlassen. Doch irgendetwas war heute anders.

Es war der Auto-Anhänger, um den der Hund wie ein wild gewordenes Raubtier schnüffelte, zu fiepen begann und nicht enden wollte – bis dem Hundebesitzer erst die Nerven durchgingen und dann auch noch die Leine riss. Mit hochrotem Kopf fluchte der ältere Herr wutentbrannt Verwünschungen wie »Scheiß Köter« und »Dummer Hund« und »Tenno, bei Fuß!«. Unbeeindruckt davon war der hübsche Bastard mit dem Namen eines japanischen Kaisertitels flugs auf dem Anhänger und versuchte mit den Pfoten, die Plane wegzukratzen. Als ihm das nicht gelang, machte sich sein Herrchen daran, der Aufregung seines Tiers ein Ende zu bereiten. Er knotete die Plane ab, um zu sehen, was der Grund für die Aufregung war.

Plötzlich erstarrte er. Ihn glotzte die Maske eines Harlekins mit bösem Blick, verschmiertem Mund und einer spitzen Nase an. Kaum auf den ersten Blick sichtbar war der dazugehörige Kinderkörper, der in einen schwarzen Plastiksack verschnürt war. Freiliegende Hautareale hatten eine bläuliche Färbung. Der Mann zerrte sein Handy aus der Tasche und wählte die 110. Die Stimme des Beamten klang zackig.

»Notruf Polizei Schwerin?«

»Ein Kind … Ich habe ein totes Kind gefunden«, sprach der Spaziergänger mit zitternder Stimme und blassem Gesicht in sein Telefon. »Es hat eine Maske auf dem Gesicht und liegt in einem Müllsack. Es ist …«

»… wo?«, schnappte der Beamte dazwischen.

»Speicherstraße …«

»Mitten auf der Straße?«

»Nein, in einem Anhänger mit 'ner Plane drüber.«

»Plane drüber? Drüber lassen. Berühren Sie nichts. Bleiben Sie vor Ort. Ich schicke einen Streifenwagen.«

Keine zehn Minuten später waren zwei Beamte vor Ort. Der Ältere der beiden hatte schlohweißes Haar, einen schlohweißen Vollbart und schlohweiße Augenbrauen. Er ging etwas gebeugt, schien aber nicht älter als Mitte fünfzig zu sein. Er trug eine Rolle mit Absperrband in der Hand. Sein Begleiter, der sich beim Aussteigen aus dem Polizeiwagen an die Pistole fasste, war erheblich jünger und wirkte sehr viel sportlicher. Er hatte den Gang eines Cowboys, der gern schnell zog und gern schnell abdrückte. Er zeigte mit seinem rechten Zeigefinger auf den Spaziergänger mit Hund.

»Sie«, rief er, »haben Sie uns angerufen?«

Der Mann nickte, sein Hund knurrte.

»Still!«, befahl er ihm, doch Tenno waren die beiden Polizisten nicht geheuer. Er knurrte weiter.

»Leinen Sie Ihren Hund an«, schnappte der schlohweiße Beamte.

Dessen Herrchen zeigte hilflos auf die gerissene Leine.

»Dann halten Sie ihn am Halsband fest!«

Der Polizist spannte um zwei Laternen und einen Haken, der aus der Häuserwand ragte, vier Meter Absperrband.

»So, was haben wir denn hier für eine Schweinerei?«, sagte der Cowboy wie zu sich selbst, betrat das abgesperrte Areal und stieß mit einer Fußspitze gegen den Anhänger.

»Das Kind liegt unter der Plane«, sagte der Mann.

Der ältere Schneemann-Polizist stellte sich jetzt neben den jüngeren Cowboy-Polizisten. Der hob die Plane an.

»Eine Schande!«, entfuhr es dem Cowboy. Er riss sein Funkgerät an sich und machte Meldung. Der Schneemann klappte die Plane wieder zu. Aus der Ferne waren die Geräusche eines Polizeihubschraubers zu hören, der über dem weiter entfernten Hafengelände brummte wie ein Hornissenschwarm über Fallobst.

Die ersten Schaulustigen versammelten sich. Doch bis auf zwei Polizisten, die unterschiedlicher nicht aussehen konnten, einen Spaziergänger mit Hund, der still auf der Erde lag, und einen Anhänger, der in einem jammervollen Zustand war, sahen sie nichts.

»Ich nehme jetzt Ihre Daten auf«, sagte der jüngere Beamte zu dem Hundemann, »ich gehe mal davon aus, dass Sie der Finder und nicht der Mörder sind, oder?«

Der Mann, dessen Gesicht bis eben noch wieder frisch durchblutet gewirkt hatte, erblasste erneut.

»Ja … sicher«, stotterte er. »Vielmehr hat mein Hund …«

»Sich an dem Opfer zu schaffen gemacht?«, fragte der ältere Polizist scharf.

»Nein … nein. Er hat es erspürt, quasi errochen, an der Plane gekratzt … Sie wissen schon … so wie der Jagdtrieb …«

»Jaja, ich verstehe, nun bleiben Sie mal entspannt.« Er wandte sich von dem Spaziergänger ab. »Braver Hund«, murmelte er.

Tenno blickte zu ihm auf. Geheuer war ihm das Kompliment nicht. Er knurrte wieder leise.

»Juri?«, rief der Schlohweiße seinem Kollegen zu. »Hat die Zentrale, was sie braucht?«

Juri war dabei, den Anhänger ausführlich zu begutachten und sich das Kennzeichen abzuschreiben. Außerdem notierte er sich die Firma, die auf dem Hänger Werbung für sich machte.

»Spurensicherung, ein weiterer Wagen und ein Genosse Kommissar sind auf dem Weg hierher«, rief er zurück.

Als Toni Kielmann mit den Spurenlesern und weiteren Beamten eintraf, war die gaffende Menge schon auf eine stattliche Größe angewachsen. Ihre Autos kamen kaum zum Tatort durch. Der erste Reporter war auch schon aufgetaucht und machte Fotos. Kielmann räumte ihn mit einem kräftigen Schubser aus dem Weg und blaffte ihn an.

»Stecken Sie Ihre Kamera weg, sonst verhafte ich Sie wegen Stalkings eines Tatorts. Verschwinden Sie von der Absperrung.«

Der Reporter, ein dünnes Männchen mit dünnem Haar und dünnem Jäckchen, wich zurück. Er notierte etwas auf einem Zettel. Kielmann gab dem Cowboy-Beamten ein Zeichen. Der sprang auf die Gaffer zu wie ein Hütehund auf eine Herde Schafe.

»Gehen Sie weiter!«, rief er ihnen zu. »Behindern Sie anfahrende Fahrzeuge nicht!«

Die Streifenbeamten schlugen in professioneller Manier ein Spurenzelt auf, unter dem der Anhänger und der Mann von der Spurensicherung verschwanden und so vor den Gaffern und Reportern geschützt waren. Kielmann gesellte sich zu ihm. Er bewunderte die Arbeit der Spurenleser. Sie waren in seinen Augen wie Scouts, ohne die die Aufklärung eines Mordes höchst unwahrscheinlich wäre.

»So, jetzt wollen wir doch mal schauen, was wir finden können«, sagte der Spurensicherer zu Kielmann. Er war ein vollschlanker Mann mit Halbglatze und Brille und steckte in einem weißen Tyvek-Wegwerfanzug, der vorher luftdicht verschlossen gewesen war und aus Vliesfasern bestand.

Als sei Kielmann sein Publikum, referierte der Spezialist jetzt, was er gerade tat.

»Wir suchen kleine Faserspuren, Fingerabdrücke und DNA-Spuren. Jeder Mensch hinterlässt Abdrücke von Schuhsohlen, verliert Haare, Hautschuppen, winzige Speicheltropfen. Schon wenn man nur durch einen Raum geht, hinterlässt man dort winzige Partikel mit der körpereigenen DNA.«

Kielmann beobachtete jetzt jeden Handgriff des Beamten. Der nahm mit Klebefolien winzige Teilchen von der teuflisch wirkenden Gesichtsmaske und der Haut des Jungen ab. Dessen Jeans, Unterhose, Socken und Pullover lagen unter dem Leichnam. Vorsichtig hob der Spurensicherer das tote Kind auf, zog die Textilien hervor und klebte schmale Folienstreifen auf ihre Ober-, Innen- und Unterseiten. Er zog sie vorsichtig wieder ab und stopfte sie in Plastikbeutelchen. Er untersuchte die Hände des Kinderleichnams nach Abwehrspuren.

»Hat das Opfer mit dem Täter gekämpft, dann findet sich möglicherweise dessen DNA unter den Fingernägeln des Opfers«, murmelte der Spurenleser an Kielmann gerichtet.

Der schaute weiterhin gebannt zu, was der Beamte tat. Es war ein besonderer Tatort, nicht nur der Tragik wegen. Aus seinem Koffer nahm der Spurensicherer jetzt einen Behälter mit Ruß- und Eisenpulver, bestrich das Innere des Anhängers und fuhr dann mit einem feinen Pinsel darüber. Er wiederholte die Prozedur nochmals mit einem Magnetstab, an dem das Pulver haften blieb und so Abdrücke freilegte. Doch der Spezialist wurde nicht fündig.

»Ich denke, ich gehe an alles noch mal mit einem Laserscanner ran«, sagte er zu Kielmann. Eine neue Methode, mit der wirklich unsichtbar erscheinende Spuren digitalisiert und später zu 3D-Bildern zusammengesetzt werden können. Der Beamte erfasste mit dem Gerät jetzt den Tatort, den Körper des Opfers, die Textilien und den gesamten Anhänger. »Eine schicke, neue Methode«, sagte der Beamte zu Kielmann. »Die 3D-Visualisierung erlaubt es zum Beispiel, Schusswinkel oder mögliche Sichtfelder von Tätern realistisch nachzustellen. Auch Jahre später können wir damit noch zunächst nicht beachtete Details entdecken.«

»Gut zu wissen«, murmelte Kielmann. Wismar war bislang von Mordanschlägen, Mordserien oder anderen schweren Gewaltverbrechen verschont worden. Ein Laserscanner war also seines Wissens nach bislang nicht zum Einsatz gekommen. Doch dieser Fall war anders. Und er ahnte, dass Tarek und Friedrich die Opfer von ein und demselben Mörder waren.

Ein unscheinbarer, graulackierter VW-Bus älteren Modells eilte heran. Die Blaulichtfunzel wirkte von vorgestern, ihr Getröte so dissonant wie eine verstimmte Trompete. Zwei Männer in weißen Anzügen traten unter das Zelt. Sie wiesen sich aus und fragten:

»Können wir ihn in die Gerichtsmedizin nach Schwerin mitnehmen?«

»In zehn Minuten«, sagte der Spurensicherer. »Ich protokolliere noch die letzten Daten.«

»In Ordnung.«

Nur wenig später gab der Spezialist den Leichnam für eine pathologische Untersuchung im rechtsmedizinischen Institut in Schwerin frei. Oberkommissar Kielmann begleitete den Transport. Unterwegs erhielt er einen Anruf aus dem Schweriner Innenministerium. Der Staatssekretär höchstpersönlich.

»Grüße Sie, Herr Oberkommissar«, sagte eine sonore Stimme in Kielmanns Ohr. »Ich habe eben von dem Fund einer zweiten Kinderleiche erfahren. Eine schlimme Sache. Wir haben hier sehr spezielle Vorstellungen, wie die Ermittlungsbehörden vorgehen sollten.«

»Und die wären?«, fragte Kielmann leicht gereizt zurück.

»Wir gründen eine Sonderkommission ›Kind‹. Das habe ich mit Ulrich Timmermann aus Schwerin besprochen. Frau Lindenthal und Sie leiten die Gruppe. Sie bekommen noch weitere acht Leute. Mecklenburg-Vorpommern kann es sich als Urlaubsland nicht leisten, dass so schwere Gewalttaten nicht zügig aufgeklärt werden. Wir bitten Sie also …«

»… ist schon gut. Ich habe Sie ja verstanden. Allerdings hätte ich mir gewünscht …«

»Was denn, Herr Oberkommissar?«, fiel ihm der Staatssekretär jetzt ebenso ins Wort. Auch seine Stimme klang jetzt gereizt, beinahe arrogant.

»Dass ich mir in Ruhe einen Überblick über den Wismarer Fall hätte verschaffen können.«

»Quatsch«, dröhnte es in Kielmanns Ohr. »Dass das Kind, wie im Schweriner Kindermord-Fall, ebenfalls eine Maske trug, ist ja wohl augenfällig genug. Wir haben für Eitelkeiten und Worte wie ›Ruhe‹ keine Zeit. Besprechen Sie sich mit Eva Lindenthal und geben Sie Gas. Wiederhören.«

Kielmann blickte wütend auf sein Handy. Doch er beruhigte sich auch schnell wieder. Schließlich hatte er bereits vor diesem Anruf geplant, sich eng mit der Kommissarin abzustimmen. Dass daraus nun eine Soko »Kind« erwuchs, war ihm nur recht. So ließ sich die Last der Ermittlungen auf mehrere Schultern verteilen. Und: Die Kommissarin war eine attraktive Frau. Und Kielmann mochte attraktive Frauen, auch wenn sie in diesem speziellen Fall bereits eine gemeinsame Ermittlung verband.

Nach weniger als einer Stunde betrat der Kommissar das Institut für Rechtsmedizin in Schwerin. Eva Lindenthal erwartete ihn bereits.

»Moin, Herr Kollege«, sagte sie. »Lange nicht gesehen. Vier Jahre? Wollen wir?«

Kielmann reichte ihr die Hand. »Ja, wird es schon her sein. Du siehst gut aus, Eva.«

»Du aber auch, Toni«, gab sie das Kompliment zurück. »Machen wir es so wie damals? Ich bestimme, du führst aus?« Sie lachte so frech wie ein Mädchen in der Pubertät.

Toni knuffte sie in die Hüften. Er grinste zurück.

»Nur, dass ich öfter als damals die Beine dabei hochlegen werde. Ich bin schließlich älter geworden.«

»Okay, du oller Polizeikater. Du hast die Pausen zwischendurch verdient.«

Beide lächelten sich jetzt friedlich zu. Sie wussten, dass es nur zusammen und nicht gegeneinander gehen würde in den nächsten Wochen. Egal, aus welchen städtischen Kommissariaten sie kamen. Und egal, ob jeder sich besondere Meriten bei der Aufklärung der beiden Fälle würde verdienen können.

»Hier entlang«, sagte Eva Lindenthal freundlich. »Der Doktor erwartet uns bereits.«

Der Mediziner blickte unwirsch auf die beiden Beamten. »Viel Zeit habe ich ja nicht bekommen«, sagte der Pathologe der Schweriner Gerichtsmedizin.

»Nein, Sie haben gar keine Zeit bekommen«, sagte Kielmann. »Weil wir nämlich keine Zeit haben. Ich denke, Sie kennen Ihren Job so gut, dass wir auch just in time …«

»Herr Kielmann will damit sagen«, lenkte Eva Lindenthal das Gespräch in ein ruhigeres Gewässer, »dass wir Druck von der Landesregierung und dem LKA bekommen haben. Wir wissen, dass das Kind Diabetes hatte und sich spritzen musste. Wir wissen nur nicht, wie es zu Tode kam. Gleiches Vorgehen wie bei Tarek?« Die Kommissarin wischte dem Mediziner freundschaftlich über den Arm. Der hatte sich schon zu der Kinderleiche hinuntergebeugt. Sie lag beinahe nackt vor ihnen auf dem Seziertisch. Nur die Scham war von einem Tuch abgedeckt.

»Keine äußeren Verletzungen«, sagte der Mediziner, »kein Sperma im Analbereich, keine Läsionen am Penis, keine anderen Hinweise auf sexuelle Misshandlungen. Dafür die gleichen Wundmale am Hals wie bei Tarek. Der Junge ist erwürgt worden. Ich müsste jetzt noch Laboruntersuchungen von Speichel, Blut und Kot machen, aber das Ergebnis bliebe zu neunundneunzig Prozent dasselbe.«

»Wann, schlagen Sie vor, können die Angehörigen zur Identifizierung kommen?«, fragte die Kommissarin.

»Vielleicht schon am Abend«, sagte der Gerichtsmediziner. »Ich mache ihn nach der ausführlichen Obduktion noch schön und dann ...«

»Okay«, unterbrach sie ihn.

Der Pathologe hatte ein Seziermesser in der Hand. Die Kommissare traten weit hinter den Seziertisch zurück.

Er machte einen Kreuzschnitt in Friedrichs Herz-Lungen-Bereich, dann in seinen Magen.

»Kommen Sie mal herüber!«, rief ihnen der Gerichtsmediziner nach einer Weile zu. »Sehen Sie hier? Der Junge hatte Gulasch gegessen, das nicht mal im Ansatz verdaut war. Er hat es nicht einmal erbrechen können. Und die beiden oberen Halswirbel sind gebrochen. Sein Mörder muss den Jungen mit aller Brutalität und viel Kraft erdrosselt haben.«

»Wir müssen das Schwein schnell finden«, sagte Kielmann. »Nicht, dass er noch weitere Kinder auf der Liste hat.«

»Und, Frau Lindenthal?«, fragte der Gerichtsmediziner. Sie wandte sich ihm zu. »Er sucht sich offenbar nur kranke Kinder. Vielleicht ist unser Täter selbst auch krank, und zwar körperlich, nicht psychisch.«

»Ja, scheint so«, sagte die Kommissarin. »Aber dann müsste er sich Krankenakten besorgt haben. Und ein Fremder, der sich

Krankenakten besorgt, fällt beim Personal einer Klinik oder Praxis garantiert auf.«

»Nicht, wenn er selbst zum Personal gehört.«

Sie sah den Mediziner bedeutsam an. »Da ist was dran«, sagte sie und verabschiedete sich.

Die beiden Beamten verließen das Institut und fuhren in Eva Lindenthals Dienstwagen zum Schweriner Kommissariat.

»Wirst du während der Ermittlungen in Schwerin wohnen?«, fragte sie, ohne die Straße vor sich aus den Augen zu lassen.

Kielmann nestelte an seiner Dienstwaffe wie ein Halbwüchsiger an seinem ersten Handy. Sie ging auf sein Hantieren an der Waffe nicht weiter ein.

»Soll ich?«, fragte er zurück.

»Der Täter stammt mutmaßlich aus der Gegend von Nordwestmecklenburg. Er bewegte sich von Schwerin nach Wismar. Vielleicht aber auch umgekehrt. Ich würde es gut finden, wenn du, so wie vor vier Jahren auch, hier wärst. Dicht an der Soko, dicht an mir. Schließlich leiten wir die Ermittlungen zu zweit.«

Er blickte vom Beifahrersitz auf ihr Profil. Sie hatte sich kaum verändert. Ihm gefielen ihre gerade Nase, die Sommersprossen, ihre schwungvollen Lippen.

»Ich nehme mir ein Zimmer. Ich muss nur ab und an mal nach meiner Frau und den Kindern auf der Insel sehen.«

»Gute Entscheidung, Toni. Das zahlt die Inspektion.« Sie sah kurz zu ihm hinüber. Sie zeigte ein Lächeln. »Gut siehst du aus«, wiederholte sie ihr Kompliment von vor ein paar Stunden.

Die Soko »Kind« arbeitete und besprach sich in einem großzügigen Raum im Kommissariat, an dessen Stirnseite mehrere Bildschirme hingen, auf welchen Registerseiten des Landes- und des Bundeskriminalamts geöffnet waren. Ein Monitor zeigte Aufnahmen der beiden Masken, die den Kindern übergestülpt worden waren. Sie waren so hoch aufgelöst, dass Toni Kielmann sie jetzt bis ins winzigste Detail vergrößern konnte. Mit ihm waren Eva Lindenthal und weitere acht Beamte im Raum versammelt. Sie saßen an einem langen Besprechungstisch, vor ihnen Telefone, Bildschirme, Tastaturen und Computermäuse.

»Leute«, sagte Kielmann jetzt zu ihnen und zeigte auf die Oberkommissarin neben sich, »die meisten von euch werden es wissen: Das ist Eva Lindenthal. Sie und ich leiten die Ermittlungen. Ich bin Toni Kielmann aus Wismar. Und ich will es gleich vorweg sagen: Wir können es uns hier nicht bequem machen. Das ist auch kein Kaffeekränzchen und keine Plauderrunde gutbezahlter Kriminaler. Wir haben Druck von der Landesregierung. Die Touristensaison steht vor der Tür, die Frühjahrsferien und der Sommer nahen. Und wir haben zwei tote Kinder und einen Irren, der draußen frei herumläuft. Deshalb spucken wir ab sofort in die Hände und machen uns an die Arbeit. Eva Lindenthal wird Ihnen sagen, was zu tun ist.«

Die Kommissarin räusperte sich. »Zwei Kollegen recherchieren in allen bundesweiten Kindermorden der letzten zwei Jahre nach Ähnlichkeiten zu unseren Fällen. Zwei andere kümmern sich um einschlägig bekannte Kinderliebhaber. Checkt beim BKA, ob unter den Kinderfreunden auch Chats über Kindertötungen ausgetauscht wurden. Beachtet den Unterschied zwischen den Pädophilen und den Ephebophilen. Die einen himmeln Kinder an, die nicht älter als zwölf Jahre sind, die anderen Teenager. Auch im benachbarten Ausland, wie Holland, Belgien, Dänemark, Schweden. Gleicht die Daten mit Europol ab. Des Weiteren besuchen zwei Beamte die hiesigen Krankenhäuser und Spezialpraxen, um sich einen Überblick über Kinder zwischen zwei und sechzehn Jahren mit besonders hervorstechenden Krankheitsbildern zu verschaffen. Ich will eine genaue Übersicht und eine unwiderlegbare Aussage darüber, ob Krankenakten verschwunden oder kopiert worden sind. Heutzutage registriert jedes verdammte technische Gerät, was man mit ihm macht. Lasst zur Not die Speicher auslesen.« Die Kommissarin räusperte sich erneut. »Und wir brauchen Informationen über alle Theaterwerkstätten des Bundeslandes, sowie Hamburgs und Schleswig-Holsteins, ob dort solche Masken bekannt sind. Die Kriminaltechnik ist dabei herauszufinden, aus was für Farben und Materialien die Masken sind. Zwei von euch kümmern sich darum. Sucht einen Spezialisten, der sagen kann, ob die Masken professionell gearbeitet wurden oder ob es Laienarbeit ist. Wer Künstler kennt, die mit Masken arbeiten, bitte ansprechen und Kontakte herstellen. Zwei Beamte gehen schlussendlich auf die Straße und ermitteln, wer was gesehen haben könnte. Geht in Bars, Kneipen, Restaurants …«

»… wir sehen uns morgen an gleicher Stelle wieder«, hakte sich Kielmann ein, »neun Uhr. Hat jemand einen Hinweis, dann ruft an, ihr habt unsere Handynummern. Und nun Rock 'n' Roll.«

Während die einen zum Telefonhörer griffen und andere ihren Rechner bedienten, stellten sich die beiden Kommissare noch einmal dicht vor die Screenshots mit den Masken.

»Das ist unsere einzige wirkliche Spur«, sagte Eva Lindenthal.

»Dann lass uns herausfinden, zu welcher Figur diese Maske passen könnte. Ich habe da eine Idee.«

Eva sah Toni neugierig an.

»Meine Kinder spielen beide im Schultheater. Sie könnten durchaus wissen, wer so oder so ähnlich aussieht.«

»Rotkäppchen sicher nicht«, sagte die Kommissarin.

»Frau Holle auch nicht«, sagte der Kommissar. »Aber vielleicht Zwerg Nase, Rumpelstilzchen oder Pinocchio?«

»Wir werden eine Fallanalyse brauchen«, lenkte Eva Lindenthal das Gespräch in eine andere Richtung. »Die Parallelen zwischen den Tötungsdelikten sind so groß, dass ein Profiler sich hier austoben kann.«

»Sehe ich auch so«, stimmte ihr Kielmann zu. »Ich mache mich mal im LKA schlau, ob die einen guten Mann haben oder ob wir uns bei den Kollegen aus Berlin oder Bayern bedienen sollten.«

»Gut«, sagte die Kommissarin. »Erinnerst du dich an Martin Ney, der bis 2010 mindestens drei Kinder ermordet und vierzig Sexualdelikte an Minderjährigen begangen hat?«

Kielmann nickte.

»Die damalige Fallanalyse fragte nicht nur: Wie ging der Täter vor? Sondern auch: Warum hat er etwas getan? Was verrät das Verbrechen über ihn? Und da wir es hier auch mit einer Miniserie zu tun haben, könnte es gelingen, damit der Wirklichkeit sehr nahezukommen.«

Kielmann zeigte bedeutungsvoll auf den Monitor. »Zumal Ney auch mit Masken arbeitete und die Kinder mit ihm gingen, als sei es ihr eigener Wille, was ihnen später zum Verhängnis wurde.« Beide schwiegen kurz. »Meinst du nicht, wir schaffen das auch allein?«, fragte er. »Wir wissen, dass er immer nach demselben Muster vorgeht. Ein gewöhnlicher Krimineller wechselt seine Handschrift, er nicht. Er wählt kranke Kinder aus, er verpasst ihnen Masken. Die Handschrift verrät ein ganz eigenes Bedürfnis des Täters. Er unternimmt Dinge, die er zur Ausführung des Verbrechens nicht hätte tun müssen. Nämlich Masken anfertigen, sie den Kindern überstülpen. Recherchieren, ob sie krank sind. Auf diese Dinge kommt es ihm an. Er trifft Schlüsselentscheidungen.«

»Er gewinnt seinen Kick durch das Risiko, das er eingeht«, spann Eva Lindenthal den Faden weiter. »Er nimmt das Risiko des Entdecktwerdens auf sich. Tarek lockt er aus einem Park, Friedrich geht ihm auf einem öffentlichen Hafengelände ins Netz. Er sucht seine Opfer dort, wo sie eigentlich geschützt sind. Doch warum gehen Sie mit ihm? Lass uns sofort zu deinen Kindern fahren«, drängte die Kommissarin plötzlich. »Vielleicht haben wir ja Glück und kommen ein Stückchen weiter.«

9

Insel Poel

Auf ihrer Fahrt nach Kirchdorf auf Poel sprachen sie weiter über das, was sie beschäftigte, analysierten einen gewalttätigen Menschen, den sie nicht kannten. Es lagen rund sechzig Kilometer vor ihnen. Um Zeit zu sparen, fuhren sie über die Autobahn.

»Er scheint mit Kindern umgehen zu können«, nahm Eva Lindenthal den Faden von eben wieder auf, »er beruhigt sie, lockt sie von ihrem Schutzort weg. Hat er beruflich mit Kindern zu tun? Auffällig ist die Fixierung auf deren Krankheit. Ist er vielleicht Pfleger?«

Toni Kielmann, der wieder auf dem Beifahrersitz saß, sagte: »Vielleicht ist er selbst schwerkrank oder wurde als Kind missbraucht? Kompensationsstrategien gibt es viele, und manche enden für Unbeteiligte tödlich.«

Die Kommissarin hatte aufmerksam zugehört. Die A14 war so leer, als sei sie heute erst eröffnet worden.

»Was mich am meisten beunruhigt, ist«, sagte sie, »dass der Täter seine Taten vielleicht noch mehr als bisher auf seine Bedürfnisse zuschneidet. Bislang sind die Opfer nicht sexuell missbraucht worden. Was, wenn er dazu keine Zeit hatte, weil für ihn das Töten das Hauptziel, sein sexuelles Verlangen aber dennoch eine zusätzliche Option ist? Das macht ihn in meinen Augen noch gefährlicher.«

»Und mich beunruhigt, dass er zwei Kinder innerhalb von drei Tagen tötet. Beim Maskenmann Martin Ney vergingen oft Monate zwischen seinen Taten. Ich könnte mir fast vorstellen, dass es bei den beiden Kindern nicht bleibt.«

»Das wäre entsetzlich«, sagte die Kommissarin und krampfte ihre Hände um das Lenkrad.

Etwa eine halbe Stunde später rollten sie vor das Haus der Familie Kielmann. Eva Lindenthal parkte und folgte ihrem Kollegen hinein. Es war später Nachmittag. Claudia Kielmann und eines der beiden Kinder spielten Domino am Küchentisch.

»Wo ist denn Jan?«, fragte Ehemann Toni verwundert.

»Ich weiß es nicht«, erhielt er zur Antwort. »Hat er heute nicht schwimmen?«

»Am Donnerstag?« Kielmanns Stimme hatte sich gehoben.

»Moment, ich schaue mal nach.« Claudia Kielmann erhob sich und sah auf einen Schulplan, der am Kühlschrank pinnte. »Du hast recht. Schwimmen ist morgen. Er hätte um siebzehn Uhr vom Fußballtraining zu Hause sein müssen.« Sie sah auf die Uhr. »Er ist seit dreißig Minuten überfällig. Also noch kein Drama.«

»Das ist Eva Lindenthal, meine Kollegin bei der Soko. Wir wollen mit den Kindern reden, ob sie eine Figur aus einem Märchen hinter zwei bestimmten Masken erkennen.« Er bemühte sich um einen ruhigen Ton, doch es gelang ihm nur schlecht. Dass sein Sohn noch nicht zu Hause war, beunruhigte ihn stark. Er war gerade dreizehn Jahre alt geworden, hatte zu pubertieren angefangen.

Toni Kielmann sah selbst noch mal auf den Trainingsplan seines Sohnes, der mit einem Magneten am Kühlschrank befestigt war. Er brummte etwas Unverständliches, öffnete ihn, fischte sich einen Energydrink heraus und riss den Dosenverschluss hastig auf. Klebrige Flüssigkeit spritzte durch die Luft auf den Fußboden.

»Pass doch auf!«, herrschte ihn seine Frau an, sagte aber sogleich mit Blick auf die Kommissarin: »Sorry. Hab mich nur erschrocken.« Sie wischte die Pampe auf.

Kielmann blickte auf seine Armbanduhr. Eine Art Fliegeruhr mit monströsem Zifferblatt und leuchtenden Zeigern. Er trommelte mit zwei Fingern gegen die Energybüchse.

Eva Lindenthal blätterte derweil in der *Schweriner Volkszei-*

tung, die sie aus ihrer Handtasche hervorgeholt hatte. Der Mord an Tarek war nirgendwo Thema.

»Hat das Präsidium eine Nachrichtensperre verhängt?«, fragte sie ihren Kollegen.

Der sagte geistesabwesend: »Ja«, und trommelte weiter an seiner Büchse. »Weißt du, Claudia, wenn gerade zwei Kinder umgebracht wurden, dann ist es für mich gerade unerträglich, dass Jan noch nicht zu Hause ist.«

»Er ist in letzter Zeit oft unpünktlich«, sagte sie. »Du bekommst davon nur nie etwas mit, denn du bist im Kommissariat manchmal bis in die tiefe Nacht.«

Eva Lindenthal griente in sich hinein. Diese Kommunikation kam ihr von ihren eigenen Eltern bekannt vor. Als kleines Mädchen hatte sie ihren Vater auch nur selten zu Gesicht bekommen. Er war Arzt im Rostocker Universitätsklinikum und nur am Wochenende in Schwerin bei seiner Familie gewesen.

»Deine Reaktion zeigt aber, dass es gut ist, dass es eine Nachrichtensperre gibt«, sagte Tonis Frau unerbittlich, »denn wenn jetzt alle Eltern wegen ein paar Minuten Verspätung ihres Kindes so reagieren würden, hätten wir bald eine Massenhysterie.«

Toni nahm Claudia in den Arm. »Entschuldigung, ich bin gerade ein bisschen übersensibilisiert.«

»Du kannst mit deiner Tochter weiter Domino spielen«, sagte sie, »und ich koche der Frau Kommissarin einen Kaffee.«

»Das ist aber sehr nett«, sagte Eva Lindenthal, »den kann ich gut gebrauchen.«

»Du auch, Schatz?«, fragte sie ihren Mann. »Du bist schließlich seit zwei Uhr morgens auf den Beinen.«

»Nein, lass mal, ich halte mich an dieses Zeug hier.« Er hielt seinen Energydrink ins Licht.

»Scheußliches Zeug«, murmelte Claudia Kielmann hörbar, aber nicht zu streng.

Kurz darauf öffnete sich die Tür und Jan Kielmann stolperte

herein. Er zuckte kurz zusammen, als er das Empfangskomitee in der Küche sah. Schnell versuchte er, sich sein Hemd in die Hose zu stopfen.

Er rannte auf seinen Vater zu. Doch er stoppte kurz vor ihm. Die Zeit der Umarmungen oder Begrüßungsküsschen war lange vorbei.

»Na, du Herumtreiber?«, sagte Toni zu seinem Sohn, packte nach ihm und schüttelte ihn durch wie einen kleinen Hund.

»Gar nicht.« Jan befreite sich zappelnd aus seinem Griff. »Wir haben nach dem Training noch weiter Fußball gespielt im Park gegenüber. Musst du auch mal hinkommen. Ich bin der Torwart.«

»Das wusste ich gar nicht«, gab er zu.

»Du weißt manches nicht«, sagte seine Frau spitz. Und zu Jan gewandt: »Pfui, Schmutzfink«, und wies auf seine Hände.

»Ja, hatte keine Handschuhe mit heute. Und der Ball ...«

»Los, geh, wasch dir die Hände, dann komm wieder her. Dein Vater hat wichtige Fragen.«

Die Kommissarin wechselte noch ein paar Worte mit Claudia Kielmann, bis Jan wieder erschien. Frisch gekämmt, Hemd in der Hose.

»Komm, setz dich auf meinen Schoß«, sagte der Kommissar zu Lena, seiner neun Jahre alten Tochter. Lena spurte sofort. »Und Jan? Du setzt dich in unsere Mitte.«

Jan trippelte mit kleinen Schritten um den Küchentisch und ließ sich dann auf einem Hocker nieder. Sein Gesicht war noch sehr kindlich, doch ein sehr feiner Flaum war schon auf seiner Oberlippe zu sehen. Auf seiner Stirn leuchteten zwei Pickel. Unter fein geschwungenen Augenbrauen strahlten zwei Augen von der Farbe blühender Kornblumen. Er ähnelte stark seiner Mutter. Die strich ihr Haar zurück und blickte aufmerksam auf ihren Mann.

Toni zog aus einer Aktentasche die Fotos der Masken heraus, die sie auf Tareks und Friedrichs Gesicht gefunden hatten. Er hielt sie so, dass die Kinder direkt darauf sehen konnten.

»Pinocchio!«, rief Lena.

»Ne«, sagte Jan. »Das ist ein junger Teufel.«

»Moment«, sagte der Kommissar. »Ich möchte, dass ihr euch Zeit lasst und mir sagt, was für eine Figur aus einem Märchen oder einer Sage oder einer sonstigen Geschichte diese Masken darstellen könnten. Denkt genau nach. Vielleicht habt ihr sie mal in einem Buch entdeckt, vielleicht beim Theaterspielen schon mal gesehen ...«

Jan nagte an seiner Unterlippe. Lena bohrte gedankenversunken in der Nase.

»Pinocchio hat so rote Backen«, sagte sie schließlich.

»Aber nicht so einen komischen Mund und so große Augen«, entgegnete Jan besserwisserisch. »Und eine viel größere Nase ... Mich erinnern beide Masken an L«, sagte er weiter. »Er trägt die Maske, damit Kira sein Gesicht nicht sehen und ihn dann töten kann. Außerdem hat er keine Familie.«

»Ich verstehe gar nichts mehr«, sagte die Kommissarin.

»Woher kommt diese Figur?«, fragte Kielmann seinen Sohn im Verhöhrton.

Jan ließ sich darauf ein. »Aus einem Manga und Anime, heißt ›Death Note‹. Wir waren doch neulich auf der Manga-Comic-Convention in Leipzig, da war doch diese Gruppe mit dem Mädchen, die so aussah wie Misa, die Freundin von Light aus dem Anime. Wo du so hingestarrt hast ...«

Kielmann blickte etwas verlegen zur Seite. Seine Frau hatte ihr Tun am Herd kurz unterbrochen.

»Die mit den blonden Zöpfen und den schwarzen Strapsen«, fuhr Jan unbeirrt fort. »Erinnerst du dich? Und neben ihr stand doch Ryuk, der Todesgott, mit dem Apfel in der Hand und daneben der blasse große Junge mit dem weißen Shirt und den schwarzen Haaren und den Augenringen. Das war L. Und damals wusste ich doch noch nicht, warum L die Maske trägt, weil das ja nur im Film passiert, und war ganz erstaunt, weißt du?« Jan hatte mit so großer Begeisterung referiert, dass ihm der Atem stockte. Er freute sich immer ungemein, wenn er über seinen Lieblingsanime reden konnte.

»Das ist mir entfallen, Entschuldigung. Aber worum geht es da?« Kielmann versuchte in neutralere Gewässer zu segeln. Das Mädchen hatte ihm gefallen, das hatte er auf der Messe offensichtlich nicht verbergen können. Und sein Sohn war jetzt in dem Alter, wo ihm so etwas nicht mehr entging.

»Ein Schüler, der sich Kira nennt, findet ein Notizbuch, ein Death Note, und immer, wenn man den echten Namen einer Person da reinschreibt und an sein Gesicht denkt, dann stirbt diese Person innerhalb von sechs Minuten und vierzig Sekunden.«

»Oh«, entfuhr es der Kommissarin.

»... und L ist ein Detektiv, der weltbeste, und möchte den Besitzer des Death Note aufspüren. Er trägt die Maske, damit Kira sein Gesicht nicht sieht.«

»Hast du ein Bild von ihm?«, fragte ihn sein Vater.

»Ja, Moment, in meinem Zimmer.« Jan rutschte von seinem Hocker und rannte aus der Küche.

In seinem Zimmer angelangt, schaltete Jan seinen Computer an, kramte in seinem Bücherregal und zog eine kleine Mappe heraus, in der Zeichnungen, Fotos und Ausdrucke von Screenshots lagen. Darunter auch Bilder von unbekleideten Männern. Hektisch sortierte er sie aus und schob sie schnell unter sein Kopfkissen. Sein Rechner ging in den Onlinemodus. Jan rief eine Internetseite auf, meldete sich mit einem Pseudonym und einem Passwort an. Das Gesicht eines eher im Schatten agierenden Gegenübers flammte auf.

Er nannte sich *mister_skyman* und hatte eine Videobotschaft hinterlassen: »Kommst du heute Abend online? Ich habe eine coole Idee.« Jan tippte in das Chatfeld schnell ein »Ja« ein und fuhr dann den Cursor in die untere, linke Bildschirmecke. Der

Bildschirm erlosch im nächsten Moment, doch der iMac blieb im Hintergrund online.

Als er mit der Mappe in der Hand in die Küche zurückkehrte, war er etwas außer Atem.

Eben sagte Kielmann zu seiner Tochter:

»Lena, mein Schatz, denk auch noch mal nach. Ihr habt doch neulich mit eurer Theatergruppe in Schwerin geprobt. Was habt ihr gespielt, was habt ihr erfahren?«

Sie ließ sich mit einer Antwort Zeit.

»Erzähl ihm, was du mir erzählt hast. Die Sache mit dem Schlossgeist«, warf Jan ein.

Beide Kommissare sahen sich bedeutungsvoll an.

»Das Petermännchen«, sagte sie leise.

»Und weiter, mein Schatz?«, drängte ihr Vater behutsam.

»Dass er nachts den Soldaten an den Nasen zieht und im Schloss herumspukt.«

»Weißt du denn, wie das Petermännchen aussieht?«

»Klein, dick, komischer Bart …«

»Okay«, strich der Vater seiner Tochter liebevoll über den Kopf. »Papa sucht mal ein Bild im Internet heraus, und du sagst mir, ob du das Petermännchen erkennst, ja?«

Lena drückte sich fest an die Brust ihres Vaters.

»Hier«, reichte Jan seinem Vater ein klebriges, großformatiges Farbbild, auf dem ein dunkelhaariger Jüngling mit brennenden, großen Augen, spitzer Nase und böse zusammengezogenen Lippen zu sehen war. Er steckte in einer blauen Hose, blauem Hemd und trug eine Eisenkette so um den linken Arm, als würde er sie schwingen lassen. In der rechten Hand hielt er eine Maske mit Glupschaugen und breiter Nase.

»Ganz schön viel Ähnlichkeit, oder?«, fragte er seinen Vater.

»Stimmt«, sagte dieser und reichte es an Eva Lindenthal weiter.

Claudia Kielmann machte sich am Herd zu schaffen. Es roch nach Grießbrei und frischen Früchten.

»Ein wilder Bursche«, sagte die Kommissarin.

»Mein Held L«, sagte Jan.

»Warum?«

»Weil er sehr klug ist und durchschaut, dass Kira nicht gut ist, obwohl er die Welt besser machen will, indem er schlechte Menschen umbringt. Er ist so schlau, dass er es mit Kira aufnehmen kann und ihn enttarnt. Außerdem isst er Unmengen an Süßigkeiten und schläft wenig. Das gefällt mir …«

Jans Mutter drehte sich vom Herd zu ihm um. »Mein kleiner Spinner«, sagte sie und schenkte ihm ein liebevolles Lächeln.

Toni Kielmann hatte inzwischen von einer Internetseite ein Bild des Schweriner Schlossgeistes Petermännchen herausgefischt, wie es ein Illustrator vor dreihundertfünfzig Jahren dargestellt hatte. Eine zwergenhafte Gestalt im grauen Anzug, mit Pluderhosen, Stiefeln, Federhut und einer spitzen Nase, die ihm aus dem Gesicht ragte.

»Ja, das ist es«, sagte Lena.

»Hat Ähnlichkeit mit den Masken«, sagte Jan. »Aber nur mit viel Fantasie. Ich finde, sie sehen der von L viel ähnlicher.«

Eva Lindenthal beugte sich dicht zu ihrem Kollegen und flüsterte ihm etwas ins Ohr.

»Wir müssen noch mal ins Präsidium nach Schwerin. Ihr wart großartig. Und Jan, ich verspreche dir, sobald wir unsere Arbeit beendet haben, gehen wir auf den Fußballplatz.« Er drückte seinen Sohn kurz am Arm.

»Okay«, sagte der kurz. »Ich muss noch Schularbeiten machen.« Er verschwand ohne ein Wort des Abschieds an die Kommissarin aus der Küche.

Eva Lindenthal und dessen Mutter lächelten fein.

»Jugend eben«, sagte Claudia Kielmann entschuldigend.

Als die beiden Kommissare aufbrachen, drückte Frau Kielmann ihrem Mann ein Paket mit belegten Broten in die Hand.

»Wegzehrung, falls es spät wird«, sagte sie zart.

Er küsste sie auf den Mund und drückte sich fest an sie. Eva Lindenthal war schon zu ihrem Dienstwagen vorausgegangen. Sie musste sich solche private Szenen nicht ansehen.

»Was hältst du von der Petermännchensache?«, fragte Toni Kielmann, als er auf dem Beifahrersitz Platz nahm.

»Vielleicht stimmen ja beide Figuren. Quasi ein Mix. Der eine spukt und erschreckt Menschen, der andere jagt dunkle Gestalten und tötet sie. Der Täter könnte sich die jeweiligen Charaktereigenschaften der Sagenfiguren zusammengebastelt und sich angeeignet haben.«

»Also doch ein Psychopath?«, fragte Kielmann.

»Nicht unbedingt«, sagte seine Kollegin und blickte konzentriert auf den Verkehr vor sich. »Jemand, der sich bei seinen Morden selbst als Kobold oder Zeichentrickfigur sieht. Einer, der mit Ungeheuern kämpft und dabei billigend in Kauf nimmt, selbst zu einem Ungeheuer zu werden. Du kennst doch das Nietzsche-Zitat: ›Und wenn du lange in einen Abgrund blickst, blickt der Abgrund auch in dich hinein.‹«

Toni Kielmann versank in Schweigen. Eva tat es ihm nach. In beiden Kommissaren schossen die Gedanken wie kleine Blitze durch die Nervenbahnen.

»Und, wenn er selbst eine Maske dabei aufhat, so eine, wie er sie den Kindern aufdrückt, und die Kinder ihm deshalb folgen, weil sie durch diese Maske an ihre Helden oder an Märchen erinnert werden? Wenn sie ihm also vertrauen, und er gleichzeitig Macht über sie ausübt, weil er der Träger der Maske ist?«

Eva Lindenthal blickte rasch auf ihren Beifahrer.

»Du bist ein Genie, Toni! Auch wenn das bislang alles Hypothesen sind, aber es klingt schlüssiger als all das, was wir bislang haben.«

»Danke«, sagte er kurz. Und dann: »Lass uns das Team statt morgen schon für heute Abend zusammentrommeln. Ich will wissen, was sie herausgefunden haben.«

»Ja, gute Idee«, sagte sie. »Vielleicht stützen Informationen unsere Thesen und wir schlafen alle ruhiger.«

Der Kommissar griff nach seinem Handy. In gut einer Stunde würde es ein Meeting der Soko »Kind« geben. Es war kurz nach neunzehn Uhr.

10

Schwerin, Kommissariat

»Bis auf Martin Ney gab es in der Vergangenheit bundesweit keine Taten im Zusammenhang mit Kindern, bei denen eine Maske im Spiel war«, sagte einer der Beamten von der Soko »Kind« und raschelte mit Papieren, »jedenfalls meiner Kenntnis nach.«

Er saß, wie seine sieben Kollegen auch, an dem langen Besprechungstisch, über dem ein Ventilator summte. Die beiden Oberkommissare standen vor ihnen, wie Dozenten vor ihren Studenten. Im Hintergrund flimmerten Bildschirme mit den Konterfeis der toten Kinder. Evas Assistentin Laura saß etwas abseits an einem kleinen Tischchen, einen Laptop vor sich.

»Ab jetzt ist das anders«, sagte Eva Lindenthal und wandte sich Toni Kielmann zu. »Und vielleicht stimmt deine These, dass unser Täter selbst auch eine Maske trug, die er dann den Kindern überstülpte.«

»Dann muss er davon viele haben«, warf Toni Kielmann ein.

»Doch aus dem Theatermilieu?«, fragte Laura dazwischen.

Eva Lindenthal warf ihr einen ungeduldigen Blick zu.

»Wir haben Kollegen in den Theaterwerkstätten von Schwerin bis Kiel nachfragen lassen. Es gab viele Deutungen. Am häufigsten wurde auf das Petermännchen verwiesen. Der Kobold hat ja auf den Volksfesten wieder Konjunktur. Auch Rumpelstilzchen und Pinocchio wurden öfter genannt«, sagte ein Soko-Beamter.

»Also, meine Tochter …«, warf Kielmann ein.

»Ja, das Petermännchen … der Geist existiert seit vielen Jahrhunderten …«

»… und soeben hat es vielleicht wieder jemand zum Leben erweckt«, sagte Kielmann. »Oder doch Rumpelstilzchen, Pinocchio oder L aus dieser ›Death Note‹-Serie?«

»Der will für mich nicht so richtig passen«, sagte die Kommissarin.

»Warum nicht?«, fragte Kielmann.

»Ist mir vom Gefühl her zu weit weg. Warum sollte ein hiesiger Täter eine Fernost-Figur benutzen?«

»Weil sie modern ist und die Kinder von heute sie kennen?«, entgegnete Kielmann. »Mir erscheint das Petermännchen eher zu alt und zu wenig bekannt.«

»Dann waren Sie aber seit längerem nicht mehr auf Jahrmärkten«, sagte der Soko-Beamte, der in den Theaterwerkstätten recherchiert hatte.

»Genau, die Maske zeigt einen europäischen Gesichtsschnitt und keinen asiatischen«, stützte Eva die Bemerkung des Beamten.

»L hat kugelrunde Augen«, beharrte Kielmann, »so wie viele japanische Manga-Figuren.«

»Wir drehen uns im Kreis«, brummte die Kommissarin.

Schweigen entstand. Die Bürolampen spiegelten sich in den dunklen Fensterscheiben. Das Geräusch eines Computerlüfters surrte leise, irgendwo brummte eine Fliege.

»Es gibt in zahlreichen Dörfern in Mecklenburg und Holstein Ateliers von Bildhauern und Malern«, durchbrach ein weiterer Beamter die Stille und lenkte das Gespräch wieder auf die Recherchen des Teams. »Die von uns befragten Masken- und Kostümbildner und die Handwerker in den Werkstätten hatten Alibis.«

»Okay Leute, wir machen es so«, sagte die Kommissarin und wandte sich ihrer Assistentin zu. »Laura, ich möchte bis morgen Mittag ein umfangreiches Dossier zu der ominösen Figur des Petermännchens. Vielleicht finden wir etwas in den Aufzeichnungen der Chronisten und bei den Märchenerzählern, was uns auf eine Idee bringt. Außerdem eine Übersicht aller Abenteuer dieses L. Rede mit dem Verlag. Ich will eine Auswahl an Filmen und Büchern. Vielleicht hat ja unser Täter auch ein Death Note, wo er die Namen der Kinder hineinschreibt, die später seine Opfer sind.«

»Vielleicht hilft es dir ja, wenn du mal die ersten Folgen ansiehst«, sagte Laura. »Denn darin wird sicherlich erklärt, wie alles mit allem zusammenhängt. Und das mit den Verlagen regele ich.« Sie dirigierte den Cursor der Computermaus auf das Suchfeld des Browsers und blickte konzentriert auf den Bildschirm.

»›Death Note‹, ›Death Note‹ …«, murmelte die Kommissarin. »Ich schaue es mir mal an.« Die Kommissarin wandte sich wieder Kielmann zu und grinste ihn an. »Zufrieden?«

Er berührte sie leicht am Arm und lächelte ihr freundlich zu.

»Gab es weitere Zeugenbefragungen?«, fragte er.

»Nichts Neues«, antwortete Laura. »Niemand scheint sich bislang an einen auffälligen Menschen mit einem auffälligen Kind zu den fraglichen Zeiten zu erinnern.« Evas Assistentin blickte wieder auf ihren Bildschirm.

»Er geht planvoll und vorsichtig vor«, murmelte Kielmann leise vor sich hin.

»Ich habe mich um *Hydrocephalus*-Fälle gekümmert«, sagte eine junge Frau. Sie war gerade erst in den Polizeidienst eingetreten und hatte ihre erste Chance zur Bewährung im Soko-Team bekommen. Die taff wirkende Polizistin trug ihr Haar raspelkurz. Sie hätte auch als attraktiver junger Mann durchgehen können, wenn ihre Wimpern nicht getuscht und ihre Wangen nicht mit feinem Make-up bepudert gewesen wären. »Diese Krankheit ist extrem selten, zumindest in Mecklenburg-Vorpommern. Und die weiteren Recherchen in den Krankenhäusern und Spezialpraxen für Kindermedizin haben auch nichts Sonderbares ergeben«, referierte sie ihre Aufzeichnungen. »Landesweit gibt es nur wenige Kinder mit ernsthaften, schweren Erkrankungen, wenn wir von Krebs absehen. Da haben wir einige Leukämiefälle, Tumorerkrankungen des Weichteilgewebes und des Zentralnervensystems.«

»Und die Speicher der Kopierer? Fehlen Krankenakten?«, fragte Eva Lindenthal.

»Nein«, sagte die junge Polizistin kurz. »Nichts Auffälliges.«

»Könnte es ein Zufall gewesen sein, dass die beiden Kinder krank waren?«, fragte Eva an Toni Kielmann gewandt. »Es ist eher unwahrscheinlich, dass der Täter sich die Mühe machte, etwas über die Gesundheit seiner Opfer herauszufinden, um sie dann umzubringen. Es sei denn, er tötete sie, weil sie krank waren.«

Die beiden Oberkommissare dachten nach.

»Du meinst, er spielt Gott, den Erlöser von Krankheit?«, fragte der Kommissar schließlich zurück. »Oder den Rächer, weil er selbst als Kind krank war oder immer noch ist? Er kompensiert seine Gebrechen, indem er andere Gebrechliche tötet?«

»Hoppla«, entfuhr es der Kommissarin, »das ist aber kompliziert um die Ecke gedacht. Dieses Argument ist mir zu *psycho*. Was, wenn es tatsächlich nur ein Zufall ist? Mir fällt da ein Beispiel ein aus der Philosophie, der Argumentationstheorie. Ein Pferd entgeht dadurch, dass es aus dem Stall herauskommt, einem Unglück. Es ist aber nicht herausgekommen, weil es dem Unglück entgehen wollte, denn es wusste schließlich nichts von dem drohenden Unglück.«

Kielmann sandte ihr einen Blick voller Zweifel.

»Das heißt«, gab sie sich unbeirrt, »das Pferd ist unserem Verständnis nach deshalb zufällig davongekommen, weil es herausgetrabt war, bevor das Unglück geschah. Die ›Ursache‹ des Zufalls ist das Herauskommen, das ›Ergebnis‹ des Zufalls ist das Dem-Unglück-Entgehen. Und weil es zwischen beidem keinen Zusammenhang gibt, jedenfalls keinen geplanten, ist das Pferd dem Unglück bloß zufällig entkommen.«

»Klingt auch nach ›schwer um die Ecke gedacht‹«, sagte Kielmann.

»Wirklich?«, fragte die Kommissarin zurück. »So könnte es sich aber auch bei den Kindern und unserem Täter verhalten haben. Sie waren zwar krank, aber wir konstruieren möglicherweise einen Zusammenhang, der tatsächlich aber gar nicht vorhanden ist, sondern bloß ein Zufall sein könnte.«

»Was auch immer uns der Täter mit seinen Verbrechen sagen will«, mischte sich ein Beamter der Soko jetzt in den Dialog der Oberkommissare ein, »wir stochern noch immer mit der Stange im Nebel.«

Das Team blickte sich stumm an.

»Möchte jemand hören, was ein Bauer aus Mirow in Mecklenburg über das Petermännchen vor knapp zweihundert Jahren zu berichten hatte?«, durchbrach Laura das Schweigen. »Stammt aus einem Sagenbuch von 1848.«

»Lies vor«, sagten beide Kommissare unisono.

Auf dem Schlosse zu Schwerin hat sich vor alter Zeit oft ein kleines Petermännchen sehen lassen, das ist gewöhnlich in grauen Kleidern einhergegangen, wenn es aber Krieg geben sollte, trug es sich Rot, und wenn einer sterben sollte Kohlschwarz. Man hat aber auch immer gesagt, dass es ein verwünschter Prinz sei, der gern erlöst sein wolle, und das hat einmal ein Soldat ganz genau erfahren. Der stand um Mitternacht vor dem Schlosse auf Posten, da kömmt das Petermännchen an und sagt, er möge sich doch mit ihm fassen; hätte er das dreimal getan, dann wäre er erlöst, und dann würde das alte Schwerin wieder in aller Pracht aus dem See hervorkommen, das jetzige aber und zugleich auch der Herzog würde untergehn.

Der Soldat ist auch darauf eingegangen und hat zwei Nächte hintereinander mit dem Petermännchen gerungen; als er sich aber am dritten Tage frühmorgens ein andres Hemd anziehn will, da sieht einer seiner Kameraden, dass er am ganzen Leibe braun und blau ist, und fragt ihn, woher das komme. »Ja, sagt jener, das kann dich nicht verwundern, ich habe mit dem Petermännchen nun schon zwei Mal gerungen, und wenn es zum dritten Male geschieht, so ist Petermännchen und das alte Schwerin erlöst.«

Das hat des Soldaten Kamerad andern wiedergesagt und da ist's noch denselben Tag auch an den Herzog gekommen und der hat den Soldaten schnell in eine andere Garnison versetzt. Petermännchen ist aber gewaltig böse geworden und hat es den alten Herzog Friedrich Franz reichlich entgelten lassen, denn bald hier bald da hat er ihm aufgehockt und dann hat der Herzog ihn ächzend und keuchend ein Stück Weges schleppen müssen.

Auch zu andern Zeiten hat sich Petermännchen oft sehen lassen; so kam er einmal zu einem Mädchen, das gerade die Betten machte, und fragte sie, ob sie das seine wohl auch machen wolle. »Warum nicht?«, antwortet sie; da heißt er sie folgen und geht mit ihr durch einen langen unterirdischen Gang unter dem See fort, bis dahin, wo die Ziegelei ist, da hatte Petermännchen nämlich seine Wohnung; und hier hat sie ihm nun das Bett machen müssen und vieles Gold dafür zum Lohne erhalten. Man sagt auch, dass Petermännchen hier an einem großen Blocke sitze, und wenn sein Bart dreimal um denselben gewachsen sei, so werde er erlöst sein.

»Dreimal kämpfen, dreimal soll ein Bart wachsen«, entfuhr es Kielmann spontan. »Dann ist er erlöst?« Er sprang auf. »Das ist ja wie in der Barbarossa-Sage! Das beschäftigt mich jetzt aber!«

»Und wir können es sehen«, sagte Eva spöttisch.

»Es wird einen dritten Mord geben«, sagte der Kommissar mit düsterer Stimme. »Verdammt!«

Laura blickte erschrocken auf den Kommissar. Eva Lindenthal hüllte sich in Schweigen.

»Warum meinen Sie das?«, fragte Laura schließlich.

»Das Petermännchen scheint ja nicht nur ein Kobold zu sein, der Schabernack treibt, weil er Spaß daran hat. Der Sage nach war er ein Prinz, der sich in ein hässliches Männchen, eine Art Zwerg verwandelt hat. Es sehnt sich nach Erlösung. Was, wenn unser Täter auch drei Kindermorde begehen muss, weil er glaubt, sich nur so erlösen zu können?«

»Aber wovon?«, fragte die Kommissarin.

Ihr schwante Böses, sie fühlte sich hilflos, schwach, leer. Das Abendessen mit Paul lag erst zwei Tage zurück, doch es war längst in weite Ferne gerückt. Vom geplanten gemeinsamen Urlaub in Norwegen ganz zu schweigen. Sie sehnte sich nach ihrer Ferienwohnung auf Poel, nach dem Meer, nach Frieden …

»Ich finde das zu spekulativ, Toni«, sagte sie. »Es ist eine Sage.«

»Und was ist mit der Maske? Meine Tochter hat eindeutig auf eine Darstellung des Petermännchens gezeigt …«

»… die ja nicht authentisch ist.«

»Für den Illustrator der Figur schon. Und sicher wird er sich auf Sagenquellen berufen haben. Mein Bauch sagt mir …«

»Lassen wir das mit den Bauchgefühlen«, entgegnete die Kommissarin, »halten wir uns an die Wirklichkeit, denn die ist konkret. Für morgen hat sich die Spurensicherung angekündigt. Es gibt Hinweise, die aber von den Laboren noch ausgewertet werden.« Sie wandte sich an die junge Polizistin. »Sie besuchen bitte die Schule von Friedrich und befragen seinen Klassenlehrer und seine Mitschüler. Zu seinem Verhalten, seinen Leistungen, Freunden. Ein Elfjähriger ist kein Kleinkind mehr. Und nehmen Sie dessen Freund Erik in die Zange. Vielleicht rückt er damit heraus, wo sie sich noch so herumgetrieben haben, außer am Hafen und auf der Kogge.«

11

Schwerin, am nächsten Tag

»Wir haben belastbare, verwertbare Spuren gefunden«, sagte der Beamte der Spurensicherung am nächsten Morgen zu Eva Lindenthal und Toni Kielmann.

Der sportliche Mittvierziger mit der Figur eines Langstreckenläufers klopfte auf den harten Deckel seiner Akte, die er unter seinem Arm hervorzog und aufklappte. Zum Vorschein kam eine Art Laufzettel, auf dem kleine Kästchen mit Fragen aufgedruckt und die alle ausgefüllt waren. Die drei Kriminalbeamten saßen sich im Büro von Eva Lindenthal auf Sesseln gegenüber, vor sich Tee. Assistentin Laura saß wie immer etwas abseits, hörte aber aufmerksam zu. Es war kurz vor neun Uhr.

»Wir schrieben ja in unserem ersten Bericht über Abdrücke von Stiefeln oder Schuhen mit tiefem Profil, die wir in unmittelbarer Nähe der Leiche Tareks im Morast des Ramper Moors gefunden haben.« Der Spurenleser blickte nun bedeutsam auf die beiden Kommissare.

Die zeigten keinerlei Regung.

»Es ist Schuhgröße sechsunddreißig. Also eher eine weibliche Größe.«

Die beiden Oberkommissare blickten überrascht.

»Oder eines Jugendlichen«, warf Eva Lindenthal ein.

»Eher nicht«, entgegnete der Spurenleser. »Selbst vierzehnjährige Burschen haben meist schon Größen wie ausgewachsene Männer. Es sei denn, sie sind sehr klein gewachsen, oder es handelt sich eben um Frauen. Aber die männlichen Schuhgrößen beginnen mindestens bei vierzig, die meisten tragen zweiundvierzig bis fünfundvierzig. Die Abdrücke finden sich nicht nur bei der Leiche, sondern auch dort, wo der rote Anorak und die Schuhe des Kindes im Modder steckten. Ausschließen können wir, dass es der Abdruck von Friedrich ist. Dessen Turnschuhe hatten ein beinahe glattes Profil. Er trug übrigens eine Vierunddreißig. Außerdem haben wir das Verhältnis von Profiltiefe im Modder und einem möglichen Gewicht des Täters berechnet. Er kann nicht mehr als fünfzig Kilo wiegen. Also eine sehr zierliche Person.« Der Spurensicherer legte eine kurze Pause ein.

Eva Lindenthal rutschte unruhig auf ihrem Sessel hin und her. Toni Kielmann nestelte an seiner Armbanduhr. Sie schimmerte im hereinfallenden Morgenlicht silbern.

»Was uns ebenfalls überraschte, waren Spuren eines hellen Make-ups am Anorak von Tarek. Also eine Creme, wie man sie zum Abdecken von Pickeln im Gesicht benutzt. Außerdem waren da Spuren eines hellroten Fettes, das als Lipgloss im Handel erhältlich ist.«

»Vielleicht von der Mutter? Abgerubbelt bei einer Umarmung ihres Kindes?« Kielmann blickte auf den sportlich wirkenden Beamten. Der schlug grazil ein Bein über das andere. Er klopfte wieder auf seine Akte.

»Das bekommen wir bei einer Probe heraus, wenn wir in die Wohnung der Familie Moschiri dürfen.« Eva Lindenthal blickte zu Laura und gab ihr ein Zeichen.

Die griff nach einem mobilen Telefon und wechselte in den kleinen Nachbarraum, der sich an das Büro der Kommissarin anschloss. Er war sonnendurchflutet, während Eva Lindenthal bei sich die Jalousien heruntergelassen hatte.

»Was haben wir noch?«, fragte sie den Spurensucher.

»Eine Verbindung zwischen Friedrich und Tarek. Beide Masken sind nicht nur aus demselben Material gefertigt. Es wurde auch eine Art bräunendes Puder mit Klebewirkung aufgetragen. Außerdem hat der Täter seine DNA auf beiden Masken hinterlassen, möglicherweise aber eher unabsichtlich. Es waren neben den Hautschüppchen der Kinder auch fremde Hautpartikel an der Unterseite der Maske. Möglicherweise hat er sie vorher bei sich selbst probiert oder ein winziger Teil der Haut seiner Hände ist beim Überstülpen der Masken aus seinen Handschuhen gerutscht.«

»Ist die DNA aktenkundig?«, fragte Kielmann.

»Leider nein«, antwortete der Beamte.

»Und wie kommen Sie darauf, dass er Handschuhe trug?«, fragte Kielmann.

»Wir haben extrem winzige Puderspuren von Latexhandschuhen gefunden, wie man sie in Boxen zu je hundert Stück kaufen kann. Innen Polymer-beschichtet und angeraut. Steigert den Tastsinn. Es waren auch Schweißspuren auf den Masken zu finden. Die werden aber noch untersucht. DNA-Spuren hätten wir also genug für einen Vergleich.«

»Das sind gute Nachrichten«, sagte Eva Lindenthal. »Allerdings bezweifele ich, dass der Täter eine Frau war.«

»In der Kriminalgeschichte war bislang nichts unmöglich«, sagte der Spurenleser. »Filizide, also Tötungen von Kindern in einem Alter ab einem Jahr, werden häufig von Müttern verübt. Oft aus altruistischen Motiven, wie es in der Wissenschaft heißt, um das Kind vor realem oder imaginärem Leid zu bewahren.«

»Aber diese Fälle gingen doch meist mit einem Suizid der Mutter einher«, warf Eva Lindenthal ein, die sich an ihr Gespräch mit Paul beim Abendessen erinnerte.

»Der nicht immer gelang«, fügte Kielmann hinzu. »Wir erinnern uns an den Fall in Bayern vor fünf Jahren. Da tötete eine Mutter erst ihre sechsjährige Tochter, dann ihre vier Monate alten Zwillinge. Sie selbst schaffte es nicht und landete im Krankenhaus. Als Motive gab sie finanzielle Ängste, die bevorstehende Einschulung der Sechsjährigen und die Flucht ihres Ehemannes an, der sich weigerte, zur Familie zurückzukehren.«

»Die Schuhabdrücke sprechen aber für eine sehr leichte Person, das trifft auf die Mütter der beiden Jungen nicht zu«, sagte

Eva Lindenthal. »Und sie haben nicht nur glaubhafte Alibis, sie machen auch einen stabilen Eindruck.«

»Das werden wir nochmals zu begutachten haben«, sagte Kielmann mit vieldeutigem Ausdruck. Die Kommissarin warf ihm einen leicht verärgerten Blick zu. Der Spurensicherer ging indes nochmals seinen Laufzettel durch.

»Das war's bislang«, sagte er abschließend. Er äugte nach den beiden Kommissaren.

»Wir können in die Wohnung von Tareks Familie. Schönen Gruß von Richter Petersen«, meldete sich Laura aus dem Nebenzimmer zu Wort.

»Ich begleite den Kollegen«, sagte Eva Lindenthal. »Und du«, wandte sie sich an Kielmann, »besuche doch mal unsere junge Kollegin. Ich glaube, sie hat den Freund von Friedrich am Wickel.«

Der für Zeugenbefragungen hergerichtete Raum im Schweriner Polizeipräsidium war schmucklos, aber nicht ohne Charme. Hohe, breite Fenster ließen viel Licht hinein, Pflanzen standen auf Fensterbänken, einzig die Tische und Stühle waren in einem Grau gehalten, wie man es oft sieht in Behörden, die für Farbästhetik entweder kein Geld oder keinen Sinn haben. Die junge Polizistin des Soko-Teams hatte kurzerhand Friedrichs Freund Erik in das Kommissariat gebracht. Nach den Sommerferien würde Erik in die sechste Klasse kommen; er war erst mit sieben eingeschult worden.

Schwitzend und mit hochrotem Kopf stand der stämmige Junge der Beamtin gegenüber. Erik hatte klare, helle Augen, sein Haar war am Nacken kurzgeschoren, aber auf dem Kopf zu einer verwegen wirkenden blonden Tolle frisiert, die er sich immer wieder mit fahrigen Bewegungen aus der Stirn warf. Seine mit Flaum bewachsene Oberlippe schimmerte feucht.

»Beruhige dich und setz dich«, sagte die junge Beamtin und wies auf einen der traurig-grauen Behördenstühle.

Erik ließ sich langsam nieder und pustete sich Haare aus der Stirn. Der Junge und die Polizistin saßen sich jetzt gegenüber.

»Warum, denkst du, ist Friedrich das passiert?«, fragte sie ohne Umschweife.

Erik blickte sie erschrocken an. »Was … was … ist ihm denn genau passiert?«, stotterte Erik.

»Dass er gestorben ist, weißt du ja«, sagte sie mit weicher Stimme, »umgebracht von einem Menschen, den wir noch nicht kennen. Euer Lehrer sagt, er sei ein sehr neugieriger Junge gewesen, so etwas wie ein Draufgänger. Weißt du, was ein Draufgänger ist?«

Erik schüttelte den Kopf.

»Einer, der eine Gefahr nicht als Gefahr erkennt und etwas tut, was ihm auch schaden könnte.«

»Stimmt«, sagte Erik wie aus der Pistole geschossen, »er ist auf Bäume geklettert, auf die ich mich nicht getraut habe. Außerdem hat er mir mal erzählt, dass er Taschen von alten Leuten nach Hause getragen hat. Und die haben ihm dafür Geld gegeben.«

»Geld? Wie viel?«, fragte die Polizistin.

»Fünfzig Cent, mal 'nen Euro.«

Toni Kielmann war indes in den Vernehmungsraum getreten, hörte der Befragung still zu und heftete dabei seine Augen auf den Jungen.

»Wie lange verdient ihr euch schon Geld mit Geschirr abräumen auf der Kogge?«, fragte die Polizistin unbeirrt.

»Seit paar Wochen.«

»Und wie kam es dazu?«

»Meine Mama hat eine Freundin, die ist dort Kellnerin. Und manchmal braucht sie Hilfe.«

»Okay, verstehe.« Die Beamtin blickte ihn freundlich an. »Und was macht ihr nach der Schule noch so? Raucht ihr schon?«

Erik errötete. Er rutschte unruhig auf seinem Stuhl hin und her.

»Ja«, sagte er kleinlaut. »Manchmal heben wir Kippen vom

Boden auf und rauchen sie zu Ende. Aber Friedrich hat mehr als ich.«

»Was hat er mehr als du?«, fragte sie.

»Kippen gesammelt.«

»Und wo habt ihr die geraucht?«

»Meist hinter so einem Bootsschuppen, gleich am Eingang vom Hafen. Da kann man einen fast nicht sehen, nur vom Wasser aus.«

»Und wurdet ihr trotzdem schon mal erwischt?«

»Ja, einmal. War letzte Woche. Da kam so ein Typ plötzlich um den Bootsschuppen 'rum. So 'nen oller, kleiner Mann. Der ging ziemlich krumm und hat uns nach Feuer gefragt. Ich hab zu dem gesagt, dass er nur Feuer kriegt, wenn er uns nich' verpfeift.«

Toni Kielmann bewegte sich leicht. Die Polizistin warf ihm einen kurzen, aber bedeutsamen Blick zu. Kielmann nickte leicht.

»Kannst du ihn beschreiben? Erinnerst du dich daran, wie er aussah?«, fragte sie.

Erik machte: »Pfff«, und es klang, als ließe man von einem Fahrradreifen die Luft ab.

»Frau Kollegin«, meldete sich Kielmann jetzt zu Wort, »gehen Sie doch mit dem Jungen in die Cafeteria, spendieren Sie ihm einen Milchshake und nehmen Sie einen Polizeizeichner mit. Er sieht ja ganz verhungert aus.« Kielmann grinste den stämmigen Jungen an.

Der grinste zurück. »Alles Muskeln«, sagte er.

»Klar«, sagte Kielmann. »Das Argument kenne ich von meinem Sohn auch.«

»Wie alt isser?«, fragte Erik.

»Dreizehn«, antwortete Kielmann.

»Cool«, sagte Erik und überlegte kurz. »Hat er schon Handy?«

»Nein, du etwa?«

Erik fummelte in seiner Hosentasche und hielt ein in die Tage gekommenes iPhone 3 in der Hand.

»Ziemlich lahme Kiste, aber Internet. Leider kein WhatsApp.«

»Was willst du denn auch damit?«, fragte Kielmann sichtlich verwundert.

»Chatten«, sagte Erik. »Nachrichten schreiben, Bilder tauschen. Machen Sie das nicht?«

Kielmann zeigte sich jetzt amüsiert. »Was für Bilder denn?«, fragte er lauernd, aber freundlich.

Erik wand sich jetzt etwas.

»Sag schon«, forderte Kielmann.

»Na ja ... von Mädchen ... Haut und so ...«

»Mein Sohn hat einen Computer«, sagte Kielmann.

»Hab ich auch. Auch 'ne lahme Kiste. Was hat Ihr Sohn?«

»iMac«, sagte Kielmann.

»Ah«, gab sich Erik jetzt kennerisch. »Läuft bei Ihrem Sohn. iMac kann alles. Auch chatten. Mit Backup-Funktion. Kann man immer wieder nachgucken, wer einem irgendwann geschrieben hat. Find ich cool. Es gibt da Ordner für.«

»Ach ja?«, fragte Kielmann interessiert. »Und die speichern alles, was man auf dem iMac macht?«

»Klar«, sagte Erik in prahlerischem Ton. »Totalüberwachung, made by Apple. Ich meine, wenn man keinen Bock drauf hat, kann man die auch löschen.«

»Und wie heißen die Ordner?«, fragte Kielmann noch interessierter. »Vielleicht kann ich die auf meinem Rechner auch mal aufrufen und den Datenmüll entsorgen.«

Erik bemerkte die Falle nicht. »Unter Bibliothek, heißt bei Apple ›Library‹«, sagte er treuherzig. »Temporäre Dateien. Geht ganz einfach. Sie geben ein Suchwort ein, zum Beispiel ...«, er überlegte kurz, »Sex ... oder ... Brust ..., dann haben Sie, was Sie suchen.« Er grinste wissend.

Die Polizistin hob beide Augenbrauen.

»Du bist ja ein Früchtchen«, sagte Kielmann etwas abschätzig. »Wie alt bist du?«

»Zwölf.«

»Also, als ich in deinem Alter war … ach, was rede ich. Lassen wir das.« Er wandte sich der Polizistin zu, die noch immer ein verwundertes Gesicht zeigte. »Dann gehen Sie doch mit dem jungen Mann jetzt mal in die Kantine. Ich denke, er braucht statt eines Milchshakes wohl eher ein Steak.«

Erik lachte laut auf. Aber presste sich gleich die Hand vor den Mund. »Sorry«, murmelte er.

»Schon gut«, sagte Kielmann zu ihm. »Konzentriere dich, wenn der Polizeizeichner Details von dem Gesicht des kleinen Mannes wissen will.«

»Geht klar«, antwortete Erik und drückte seine Brust dabei durch. Er hatte plötzlich richtig Hunger.

»Stefan Claus?« Toni Kielmann lauschte in sein Handy. Er stand am Fenster von Eva Lindenthals Büro.

»Ja, bin am Apparat. Wer ist dort?«

»Toni Kielmann.«

»Wer?« Er pausierte kurz. Doch bevor Kielmann sich zu erkennen geben konnte, sagte der andere: »Der Toni? Aus meiner Klasse?«

»Ja, der Toni.«

»Menschenskinder, weißt du, wie lange das her ist? Ich habe deine Stimme nicht erkannt.«

»Kann ich mir denken. Wir sind ja auch alle älter geworden, da verlieren sich die hohen Töne …«

»… wohl wahr. Wie kommt's, dass du mich anrufst? Wie geht's dir?«

Stefan Claus ließ mit keiner Regung seiner Stimme durchblicken, dass er durch emotionale Täler ging, den Verlust seines Kindes zu verschmerzen hatte. Kielmann wunderte sich darüber allerdings nicht. Stefan hatte schon in der Schule meist den Coolen gegeben und darauf bestanden, der Anführer eines

Trios zu sein, das in der einstigen Wilhelm-Pieck-Oberschule in Kirchdorf auf Poel einen berüchtigten Ruf gehabt hatte. Eine Schule, die Mitte der siebziger Jahre des letzten Jahrhunderts in DDR-konfektionierter Plattenbauweise errichtet worden war und in die man bis zur zehnten Klasse ging. Ein Gymnasium gab es auf Poel nicht, dafür aber in Wismar, zu dem es nur Toni damals schaffte. Das war 1997 gewesen und er selbst sechzehn Jahre alt. Nach seinem Abschluss war der Kontakt nach und nach abgebrochen. Und jeder Versuch, ein Klassentreffen zu organisieren, war bislang gescheitert. Viel zu verstreut wohnten all jene Schüler der Jahrgänge 1980 und 1981, die sich nach der zehnten Klasse aus den Augen verloren hatten.

Bis dahin hatten Stefan, Maik und er das *Trio Infernale* gespielt, das Schwächeren Zigaretten raubte, ihnen in den Schulgängen oder auf dem Schulklo auflauerte und sie bedrängte, schubste oder niederrang, in Umkleideschränke sperrte und darin gegen ihren Willen singen ließ. Und Stefan Claus, der Mann, den Toni Kielmann gerade in der Leitung hatte, war ein Meister darin gewesen, sich Respekt zu verschaffen, indem er nicht viel redete, sondern einfach zuschlug.

Obwohl Toni seine beiden Freunde mochte, erkannte er doch schnell, dass ihr Hang, nach unten zu treten und sich bei den Lehrern anzubiedern, nicht der richtige Weg und möglicherweise ein mieser Charakterzug war. Als er 1999 mit viel Mühe sein Abitur geschafft hatte, lagen Monate des Kampfes mit Lehrern, Lehrplänen und langen Sitzungen in Nachhilfekursen hinter ihm. Mit der Überzeugung, dass er weniger ein guter Krimineller, dafür aber ein besserer Kriminalbeamter werden könnte, studierte Kielmann Kriminalistik und wurde Kommissar. Die Vorstellung gefiel ihm, ab sofort ein Jäger von Wild zu sein, das sich zu weit vorgewagt und Menschen an Leib und Leben geschadet hatte. Seit 2005 war Kielmann nun Kriminalbeamter, und wenn er an seine Schulzeit zurückdachte, bekam er noch heute Schuldgefühle.

»Mir geht es gut, Stefan. Du weißt, was ich beruflich mache?«

»Nein«, sagte der andere wahrheitsgemäß. »Also ich bin einer der Hafenmeister in Wismar. Und du? Ich habe das letzte Mal von dir gehört, als du deine gute Drei im Abitur gefeiert hast ... Erinnerst du dich?«

»O Mann«, sagte Kielmann, »das war im *Seeblick* im Schwarzen Busch. Ich war so besoffen.«

»Nicht nur du. Maik hat beinahe alle Tischdecken samt Geschirr und Gläsern runtergerissen, das war ein Radau.«

»Ja, war ja auch eine saftige Strafe. Mein Vater war stinksauer.«

»Aber es war eine Fete nach Insulaner Art.«

»Das stimmt«, sagte Kielmann. »Ich bin in Wismar Kommissar in einer Abteilung, die Gewalttaten und Tötungen aufklärt. Jetzt weißt du, warum ich anrufe?«

Stefan Claus schwieg am anderen Ende. Kielmann betete, dass es nicht der Sohn von seinem Klassenkumpel sein möge, der sterben musste. Doch Kielmann hörte ein leises Schluchzen.

»Ja, Mann, jetzt weiß ich es«, sagte Claus. »Irgendein Schwein hat mir mein einziges Kind genommen. Meine Frau heult seit Tagen durchgehend. Ich bin erst mal krank geschrieben. Weißt du, wie man sich fühlt, wenn man sein einziges Kind verliert?«

Kielmann ließ ihn reden. Er wusste auch gar nicht, was er dazu sagen sollte, außer Worte des Trosts. »Es tut mir so leid, Stefan. Ich hatte gehofft, dass es nicht dich getroffen hat, sondern nur einen Menschen gleichen Namens. Wobei ich da jetzt nicht missverstanden werden will ...«

»Danke Toni, aber solche Worte bringen mir Friedrich auch nicht zurück. Hast du selbst Kinder?«

»Ja, ich habe zwei. Neun und dreizehn ... Ich bin übrigens einer der Chefermittler in dem Fall. Wir haben ja noch ein anderes Opfer in Schwerin. Auch ein Kind, die Fälle gehören aller Wahrscheinlichkeit nach zusammen.«

»Es ist alles so furchtbar«, sagte Stefan Claus, und dann überschlug sich seine Stimme: »Habt ihr denn eine brauchbare Spur? Werdet ihr den Kerl finden?«

»Es ist noch nicht einmal klar, ob es sich wirklich um einen Täter oder eine Täterin handelt. Wir haben aber einige Spuren. Und ich rufe nur an …«

»Jaja, alles klar, du wolltest sagen, dass es dir leid tut.« Claus keuchte in den Hörer.

»Nein«, sagte Kielmann jetzt etwas streng, »ich rufe an und rede mit dir vertraulich, weil wir mal Freunde waren. Und ich wollte dir sagen, dass wir nicht ruhen werden, bis wir den Mann oder die Frau dingfest gemacht haben. Und ich will dir Kraft wünschen, um mit diesem Verlust umzugehen. Ich meine, du warst in der Schule immer der Kraftprotz, der Anführer, der *leader of the gang*.« Er machte eine Pause. »Auch wenn unsere Methoden nicht immer fein waren, vor allem, wenn ich an den Kleinwüchsigen in unserer Klasse denke … wie hieß er doch gleich?«

Am anderen Ende herrschte erst Stille, dann raschelte es in der Leitung. »Theo. Wir haben ihn richtig fertiggemacht. Dabei konnte der arme Kerl gar nichts dafür, dass er nicht mehr gewachsen ist.«

»Und wir haben ihn im Klo eingesperrt und von oben auf ihn draufgepinkelt …« Kielmann empfand ein tiefes Gefühl der Reue. Doch er wusste, dass auch dieser Abschnitt zu seinem Leben gehörte. Wie oft er dafür in der Kirche bereits Abbitte geleistet hatte, konnte er nicht zählen. Trotz der Buße waren die Schuldgefühle bis heute geblieben.

»Ja, das war ein starkes Stück, aber das sind Western von gestern. Sicher geht es Theo gut, und er hat eine Zwergin als Frau und viele kleine Zwergenkinder. Und alle leben noch, die Bastarde.«

Für diesen Satz hätte Kielmann Claus am liebsten die Faust ins Gesicht gehauen. Aber erstens stand er ihm nicht gegenüber und zweitens hatte Stefan Claus selbst ein Leid zu ertragen, für das es keine Steigerung gab.

»Ganz sicher hat er das«, sagte er nur. »Ich melde mich als Erstes bei dir, wenn es etwas Neues gibt.«

»Ja«, mahnte Claus, »lass mich über deine Ermittlungen nicht erst in der Zeitung lesen.«

»Versprochen«, antwortete Kielmann. Er zögerte mit einem »Adieu«. Er hatte das sichere Gefühl, dass der andere noch etwas sagen wollte. Er irrte nicht.

»Noch eine Frage, Toni. Weißt du, was aus Maik geworden ist?«

In Bruchteilen von Sekunden reiften in Kielmann Gedanken an den Dritten ihres gefürchteten Schultrios. Er hatte die derben Späße ausgeheckt, die so manchen Schüler zur Verzweiflung getrieben haben dürften. Kielmann selbst war eher der Dulder des Mobbings, aber auch deren Claqueur gewesen. Er hätte mäßigend einwirken können, hatte dies aber nicht gemacht. Und so trug er eine Mitschuld an den Repressionen. Und das wusste er auch.

»Keine Ahnung, wo Maik steckt«, sagte Kielmann. »Sah ihn zuletzt bei der Aussprache mit meinem Dad, nach dem Chaos im *Seeblick*.«

»Ah, okay. Ich versuche den mal zu finden. Vielleicht können wir ja demnächst mal die alten Zeiten hochleben lassen … auch wenn mir gerade danach wäre, den Menschen umzulegen, der mein Kind auf dem Gewissen hat.«

Kielmann ließ auch diesen Satz so stehen. Der Schmerz seines Gegenübers war für ihn nicht nachfühlbar genug, als dass er jetzt den Moralapostel spielen könnte.

»Halt die Beine still, Stefan. Konzentriere dich auf deine Frau. Gib ihr Kraft und Stärke. Wir tun alles, um den Täter zu finden und ihn vor Gericht zu stellen. Der wird aus dem Loch nicht wieder herauskommen. Mach's gut, ich melde mich.«

Die Erinnerungen an die Zeit ihrer Pubertät waren jetzt so lebendig, dass Kielmann schnell das Präsidium verließ, ein paar hundert Meter weiter an der Tankstelle ein winziges Fläschchen

Jägermeister kaufte und in einem Zug wegkippte. Er dachte an seinen Sohn Jan. Ob er in der Schule gemobbt wurde? Hatte er ihn jemals danach gefragt? Und war er eigentlich sicher da draußen in dieser Welt außerhalb seines Zuhauses, in der ein Täter frei herumlief, der es vor allem auf junge männliche Opfer abgesehen hatte?

Kielmann nahm sich vor, ein Gespräch mit seinem Sohn zu führen. Und er wollte auch jenen Ordner auf Jans iMac sichten, von dem der offensichtlich technikaffine Erik vorgab zu wissen, dass sich dort temporäre Dateien über Internetchats verbargen. Möglicherweise musste er sehr viel mehr für den Schutz seiner beiden Kinder tun, als er bislang geglaubt hatte. Brauchte Jan nicht vielleicht doch ein Handy? Eines, mit dem man telefonieren und SMS-Nachrichten schreiben, aber nicht ins Internet gehen konnte? Auch ein Besuch des Kirchdorfer Fußballplatzes, auf dem Jan als Torwart agierte, war überfällig.

Kielmann beschloss, spätestens nach Aufspüren des Mörders mehr Zeit mit seinen Kindern zu verbringen und ein Vater und Ehemann zu sein, der nicht nur bloßer Ernährer und Sexpartner seiner Frau war. Jetzt aber brauchten die Ermittlungen seine gesamte Aufmerksamkeit, dachte er – aber traf die falsche Entscheidung.

Dorna Moschiri schien ganz und gar nicht überrascht, als Eva Lindenthal und ihr sportlich wirkender Kollege von der Spurensicherung vor ihrer Tür standen, ihr einen Durchsuchungsbeschluss vor die Nase hielten und sagten, dass sie mal in ihr Bad müssten.

»Was suchen Sie genau?«, fragte sie und schritt ihren Besuchern voran. Sie zog eine Wolke schweren Parfüms hinter sich her. Sie war dunkel gekleidet und sah blass aus.

»Wir haben an Tareks Leiche Spuren eines Puders und eines Make-ups gefunden«, antwortete die Kommissarin und klappte die Tür eines Badschranks auf, »und wollen nun wissen, woher es stammt.« Sie wandte sich Frau Moschiri zu. »Nicht, dass wir Sie verdächtigen, wir wollen nur ausschließen, etwas übersehen zu haben.«

»Aber bitte, testen Sie alles«, sagte die Frau etwas scheu, mit einem feuchten Glitzern in den Augen. Dass sie derzeit wenig oder gar nicht schlief, sah ihr die Kommissarin an.

Der Spurensicherer nahm sämtliche Puderdosen, Make-up-Tiegel, Cremes und Lippenstifte an sich und verpackte sie in unterschiedlichen Beutelchen.

»Die nehme ich vorübergehend mit«, sagte er, nachdem er alles in einer Tasche verstaut hatte, und verließ das Bad.

Dorna Moschiri nickte stumm. Die Eingangstür machte ein schurrendes Geräusch, als sie sich hinter dem Beamten schloss.

Eva Lindenthal fasste Tareks Mutter wie freundschaftlich unter den Arm und zog sie aus dem Bad in den benachbarten Raum. Es war eine Mischung aus Arbeitszimmer und Bibliothek. Die hellen weißen Möbel machten den Raum licht, der scharlachrote Teppich auf den Dielen und Berberteppiche an den Wänden sorgten für eine leicht schwülstige Anmutung. Von hier aus hatte man, wie schon aus den anderen Räumen, einen weiten Blick auf den Schweriner Schlosspark.

»Warum haben Sie mir nichts über die Krankheit von Tarek erzählt? Hielten Sie das nicht für wichtig?«

Ein kurzer Moment des Schweigens entstand. Tareks Mutter lehnte sich an einen Stuhl. Ihre Hände zitterten leicht.

»Die Diagnose ist noch sehr frisch gewesen«, sagte sie leise. »Wir haben gehofft, dass sich diese Krankheit von allein erledigt, wenn der Junge erst einmal groß ist.«

»Sie wussten nicht, dass *Hydrocephalus* unheilbar ist?« Wieder entstand eine Pause.

»Wir hatten ja mit einer Behandlung noch gar nicht begonnen«, sagte Dorna Moschiri. »Woher sollten wir also wissen, dass …«

»Schon gut«, sagte Eva Lindenthal freundlich. »Ich habe mit Ihrem Mann gesprochen«, fuhr sie fort. »Ich musste abklären, ob er irgendetwas mit dem Verschwinden seines Sohnes zu tun hat. Erzählte er Ihnen davon?«

»Ja«, antwortete Dorna Moschiri, »und er hat sich sehr darüber aufgeregt. Wissen Sie, mein Mann und ich haben lange geübt, bis Tarek endlich kam. Er hat ihn abgöttisch geliebt.«

Die Kommissarin hatte aufmerksam zugehört. Sie wechselte jetzt die Tonlage von freundlich zu sachlich-nüchtern: »Weil wir gerade beim Thema sind und das ist eine Routinefrage: Wo waren Sie zum Zeitpunkt des Verschwindens Ihres Sohnes? Also in den etwa zwei Stunden, bevor ich Sie das erste Mal besucht habe?«

Dorna Moschiri antwortete so schnell, als habe sie auf diese Frage längst gewartet: »Am Schreibtisch zu Hause. Ich saß an einer Illustration für ein Buch meines Verlages. Ich habe sie in dieser Zeit an meine Auftraggeber abgesendet. Wollen Sie das E-Mail-Protokoll sehen?«

»Nicht nötig«, sagte die Kommissarin etwas gedehnt, »zurück zu ihrem Mann. Er scheint eine jähzornige Ader zu haben. Ich fürchtete schon, er würde mir etwas antun, als ich ihn nach einem Alibi fragte.«

Dorna kaute auf ihrer Unterlippe. In ihrer Stimme lag jetzt etwas Kühles. »Er neigt dazu, das stimmt.«

»Hat er Tarek jemals geschlagen?«

Dorna wandte sich von ihr ab und blickte aus dem Fenster.

»Frau Moschiri?«, fragte die Kommissarin noch einmal. »Hat Ihr Mann Maik Tarek jemals geschlagen?«

»Ja«, sagte sie leise. »Nicht nur einmal.«

»Warum?«

»Weil Tarek ein wildes Kind war. Ich hatte Ihnen gesagt, dass er sehr gut allein in seinem Zimmer sein konnte mit seinen Memory-Karten und Bausteinen. Aber er konnte eben auch exzentrisch, quengelig und nervenaufreibend sein.«

»Ein Kind, eben«, bemerkte die Kommissarin trocken.

Tareks Mutter wandte sich vom Fenster mit dem fabelhaften Ausblick wieder der Kommissarin zu. Als wollte sie etwas loswerden, hatte ihre Stimme jetzt einen selbstsicheren Klang.

»Maik hat mir mal erzählt, dass er als Schüler ein ziemlicher Rabauke gewesen ist. Er konnte es nicht leiden, wenn andere ihn nervten. Manchmal hat er einfach kurzen Prozess gemacht ...«

»Wie meinen Sie das?«, fragte die Kommissarin schnell.

»Er hat Mitschüler gehänselt, gedemütigt, verprügelt ... Er ist wohl ein wilder Junge mit Hang zum Jähzorn und zur Selbstgerechtigkeit gewesen. Insofern habe ich es nie verstanden, warum er Tarek dafür bestrafte, wenn der Junge mal durchdrehte.«

»Erwachsene vergessen gern ihre eigene Kindheit«, sagte die Kommissarin. »Sie neigen zu Selbstgerechtigkeit und Besserwisserei. Da haben es Kinder mitunter schwer. Was wissen Sie noch aus dieser Zeit?« Ein noch sehr unbestimmtes Gefühl sagte Eva Lindenthal, dass in diesem Gespräch etwas lag, was sie bei der Suche nach dem Täter weiterbringen konnte.

»Er erzählte mir von zwei anderen Jungen, mit denen er eine Art Clique bildete. Sie haben wohl zu dritt die Schule unsicher gemacht, haben gemeinsam ausgeheckt, welchen Schüler sie drangsalieren wollten und auf welche Weise.«

»Kennen Sie deren Namen?«

Sie schüttelte mit dem Kopf.

»Traf es nur Schüler oder auch Lehrer?«

»Soweit ich weiß, war auch eine Lehrerin darunter, die wegen des Trios entnervt die Schule verließ. Aber für Details müssen Sie meinen Mann fragen. Er beließ seine Schulerinnerungen mir gegenüber eher im Vagen.«

»Wann war das ungefähr? Wissen Sie das?«

»Lassen Sie mich kurz nachdenken ...« Tareks Mutter blickte auf ihre Finger. Die Nägel waren pechschwarz lackiert und passten haargenau zu ihrem Traueroutfit.

»Er ist jetzt siebenunddreißig, ging mit sechzehn von der Schule in Kirchdorf ab und wurde Bankkaufmann. 1997 würde ich sagen.«

»Kirchdorf auf Poel?«

»Ja.«

Die Kommissarin dachte an ihr kleines Apartment am Meer und an die drei entspannten Tage mit ihrer Freundin am Strand vom Schwarzen Busch. Sie trat dicht an Dorna Moschiri heran.

»Wie hieß Ihr Mann, bevor Sie geheiratet haben und er Ihren Nachnamen angenommen hat? Moschiri ist doch *Ihr* Mädchenname?«

Dorna Moschiri nickte. »Thielemann. Maik Thielemann«, sagte sie geistesabwesend.

»Ich bitte Sie, mit Ihrem Mann über unser Gespräch nicht zu reden. Geben Sie mir die Chance herauszufinden, was damals detailliert geschah. Ich halte Ihren Mann nicht für einen Mörder, aber manchmal liegt in der Vergangenheit der Schlüssel für Geschehnisse in der Gegenwart. Sie wollen doch auch, dass wir den Mörder Ihres Kindes schnellstmöglich finden und vor Gericht stellen, oder?«

Tareks Mutter brachte die Kommissarin bis vor die Haustür auf die Straße, auf der sich der Feierabendverkehr zu stauen begann.

Auf dem Weg zu ihrem Dienstwagen wählte Eva die Nummer der Regionalschule in Kirchdorf. Doch das Telefon klingelte ins Leere. Es war kurz vor sechzehn Uhr. Sie beschloss, in ihr Apartment im Schwarzen Busch zu fahren und der Schule baldmöglichst einen Besuch abzustatten. Es interessierte sie brennend, was aus der gemobbten Lehrerin geworden war, und ob jemand an der Schule Erinnerungen daran hatte, was vor zwanzig Jahren genau geschehen war. Doch zunächst musste Toni Kielmann erfahren, was ihr Dorna Moschiri erzählt hatte.

Sie wählte seine Nummer.

»Eva?«

»Toni, ich komme soeben von Tareks Mutter. Ich habe da vielleicht eine Spur. Allerdings liegt alles weit zurück. Willst du es hören?«

»Weit zurück? Ich hab etwas, was in der Gegenwart liegt.«

Sie wollte schmollen, hielt sich aber zurück. »Dann mal los«, sagte sie etwas grantig.

»Friedrichs Freund Erik hat uns von einem Mann erzählt, der die beiden vor nicht allzu langer Zeit angesprochen hat. War unten am Hafen, an einem Bootsschuppen. Nicht weit vom Fundort der Leiche Friedrichs. Wir haben ein Phantombild von dem Unbekannten erstellt. Der Mann wirkt wie Mitte, Ende vierzig, kein besonders auffälliges Gesicht. Extrem klein, gekrümmter Gang. Wollen wir das an die Presse geben?«

Die Kommissarin dachte kurz nach. »Sprich das vorher bitte mit Timmermann ab. Du weißt, dass mein Chef beste Verbindungen ins Innenministerium hat. Und der Staatssekretär …«

»… ich weiß. Ich weiß«, unterbrach Kielmann sie grob. »Die Politiker sorgen sich um den Ruf Mecklenburgs als sicheres Urlaubsland. Ich spreche es mit ihm ab. Ich würde dann gleich loslegen. Und du erzählst mir deine Geschichte aus der Vergangenheit später, wenn wir uns hier sehen.«

Die Kommissarin schluckte ihre aufsteigende Verärgerung weg. »Ja, aber ich habe noch etwas zu erledigen«, sagte sie, drückte grimmig auf den Knopf ihres Handys und trennte die Verbindung. Sie mochte es nicht, wenn man sie nicht ernst nahm.

12

In der Parallelität von Ereignissen liegt eines der Phänomene des menschlichen Daseins. Während die Oberkommissarin in ihrem Dienstwagen saß und von Schwerin aus auf die Insel Poel in ihre Ferienwohnung fuhr, legte der Oberkommissar letzte Hand an die Reinzeichnung des Phantombilds. Zur selben Zeit plante eine ihnen immer noch unbekannte Person ein weiteres, ungeheuerliches Verbrechen. Es würde wieder ein ahnungsloses Kind treffen, das, so wie die beiden getöteten Opfer auch, schon seit langem als Ziel auf einem unscheinbaren Zettel stand.

Während Eva Lindenthal die frische Meeresluft einsog und dabei immer wieder an Details ihrer Ermittlungen denken musste, spielte Kielmann den Lokalmedien zwischen Kiel und Rostock das Phantombild zu und gab der Presse ein Interview zum Stand der Dinge. Die Kommissarin erwähnte er dabei mit keinem Wort.

Währenddessen saß das gefährdete Kind, ein Teenager, vor seinem Computer und machte merkwürdige Sachen. Der Junge interessierte sich zunehmend für erotische Abenteuer und war gerade dabei, seinen Oberkörper zu entblößen. Er richtete dabei eine winzige Kamera auf sich, die über ein Kabel mit seinem Rechner verbunden war. Er trug ein Headset auf dem Kopf, in das er, während seine Kamera filmte, hineinsprechen konnte.

Der Bildschirm zeigte das Vollbild seines Videochat-Partners, sein eigenes Bild war als Fenster von der Größe einer Postkarte innerhalb des Vollbildes eingeklinkt.

»Und, wie findest du meine Nippel?«, fragte der Junge.

»Sehen scharf aus. Sind bestimmt lecker.« Sein Gegenüber grinste in die Kamera. Er hatte ein Basecap tief in die Stirn gezogen, die Haut seines Gesichts hatte einen mattbraunen, gleichmäßigen Teint, war faltenlos, seine Lippen schienen ungewöhnlich rot. Das Licht im Raum war so eingestellt, dass die Bestimmung seines Alters unmöglich erschien.

Der Teenager und er hatten sich zunächst über den Austausch von Nachrichten auf einer Plattform für jugendliche Singles kennengelernt. Der Typ hatte sich dort *mister_skyman* genannt, sein Alter mit neunzehn angegeben und sich mit dem Namen Julian vorgestellt. Und den Jungen angeschrieben. Der hatte sich zwar gewundert, warum ein so viel Älterer mit ihm schreiben wollte, machte aber aus Langeweile mit. Julian schrieb von Träumen und Sehnsüchten, und dass er noch sehr unentschieden sei, wer ihn sexuell mehr anziehe: Mädchen oder Jungs. Und damit hatte er bei seinem jungen Chatpartner einen Nerv getroffen. Julian hatte zur Antwort erhalten, dass der Junge in der Schwimmhalle und im Umkleideraum vor und nach dem Sport heimlich auf die unteren Regionen seiner Klassenkameraden schiele und derzeit für Mädchen nicht viel übrighabe.

»Da geht es dir also wie mir«, hatte ihm Julian zurückgeschrieben. »Endlich mal ein Gleichgesinnter.«

Ein paar Tage hatten sie hin- und hergechattet, über Schule und Abenteuerreisen geschrieben und sogar Adressen ausgetauscht. Doch sehr bald hatte Julian mitgeteilt, dass »ein Videochat doch viel geiler sein kann«. Anschließend hatte Jans Gegenüber ein Foto von sich geschickt, dass ihn in Boxershorts zeigte. Der Teenager hatte mehr sehen wollen, doch Julian wollte ihm den Gefallen nicht tun. Also war der Junge darauf eingegangen und hatte sich ein Programm für einen Videochat aus dem Internet heruntergeladen. Und heute war der erste Abend, an dem beide, *Face to Face*, verbunden über eine Kamera und Mikrofon, miteinander per Video redeten und sich dabei freimütig zeigten.

Das Programm speicherte den Chat in einem eigenen Ordner.

Die Kommissarin war derweil auf dem Rückweg vom Strand in ihr Apartment. Toni Kielmann betrat soeben eine Bar in der Schweriner Innenstadt und bestellte sich ein Bier.

»Steh doch mal auf«, sagte der Junge jetzt zu seinem Videochat-Freund, »ich will dich mal vollständig sehen.«

»Keine Lust«, sagte Julian und schüttelte den Kopf, »ich habe eben erst meine Kamera fest justiert.« Er trug ein grellgrünes Adidas-Shirt und eine karierte Boxershorts.

»Na gut«, sprach Jan in das Mikrofon und beugte sich weit zur Linse seiner Kamera vor.

»Wow, ich könnte deine Nippel jetzt direkt riechen, wenn nicht der Bildschirm dazwischen wäre«, sagte Julian.

Der Junge lehnte sich wieder zurück. Er zeigte seinen schmalen Oberkörper, der haarlos und gänzlich ohne Falten und Furchen war. Er strich sich jetzt mit den Händen so sinnlich über Brust und Bauch wie ein Go-go-Girl an der Stange. Er steckte sich den Daumen in den Mund und lutschte aufreizend daran.

»Du bist ein geiler Typ«, sagte Julian.

»Hast einen stehen, oder wie?«, erhielt er zur Antwort, es folgte ein etwas schmutziges Lachen.

»Ja«, gab Julian zu.

»Zeig!«, verlangte der Junge.

Julian richtete die Kamera auf seine Boxershorts, die beeindruckend weit von seinem Körper abstand.

»Oh, er scheint groß zu sein. Wie lang ist deiner?«

»Zwanzig«, sagte Julian.

»Zeig!« Der Chat erregte Jan. Seine Unterhose wurde eng.

Julian zeigte seinen erigierten Penis und spielte daran. Der Junge sah gebannt auf die Bilder, die er empfing. Jetzt war er vollends erregt.

»Geil«, erhielt Julian zur Antwort, »bin gleich wieder da, muss aufs Klo.« Der Junge entschwand aus dem Kamerabild.

Julian fluchte leise. Die Kamera auf der anderen Seite zeigte jetzt einen leeren Raum, der in ein diffuses Licht getaucht war. Die Einrichtung erschien nur schemenhaft. Er sah die Umrisse eines Bettes, eines Regals und eines Schranks.

Plötzlich war wieder Bewegung auf dem Bildschirm. Julian sah einen Schatten durch das Zimmer seines Chatpartners huschen. Dann sah er, wie der Junge auf sein Bett sprang, unbekleidet und übermütig.

»Komm näher ran, ich seh' von dir ja nix«, sagte Julian. Er erhielt keine Antwort. »Liegst du auf deinem Bett?«, fragte Julian. Er lauschte angestrengt in sein Headset. Doch er hörte nichts, außer seinem eigenen Atmen. Aber es war Bewegung im hinteren Teil des Zimmers, er sah Schattenfetzen, die hin und her sprangen wie bei einer brennenden Kerze im Wind.

Schließlich kehrte der Bursche zu seinem Rechner zurück. Vollständig bekleidet.

»Was hast du gemacht?«, fragte Julian.

Jan stülpte sein Headset über den Kopf. »Gerubbelt.«

»Ohne mich?«

»Ja.«

»Das ist unfair. Will auch, aber mit dir.« Julian blickte gebannt auf den Bildschirm. Was würde ihm der Junge antworten? Würde er ihn wegdrücken und den Chat beenden oder auf das Angebot eingehen? Der Teenager tauchte erneut unter seiner Kamera weg, war wieder nur noch schemenhaft zu sehen. Doch dann kehrte er an den Bildschirm zurück. Julian konnte deutlich die kindlichen Züge erkennen, die weichen Linien seines Gesichts. Der Junge blickte jetzt direkt in das Objektiv seiner Computerkamera.

»Okay«, sagte Jan. »Am Montag. Nach dem Sportunterricht, vorm Fußballplatz. Habe eine Freistunde. Um kurz vor elf Uhr. Danach Pause und Mathe ab zwanzig nach zwölf.«

»Okay, ich komme mit meinem Motorrad. Und finde ich dich da auch?«

»Du kannst ja früher kommen und zugucken. Dann hab ich auch mal Publikum.«

»Was spielst du denn da für eine Position? Da rennen ja zweiundzwanzig Jungs rum.« Julian lächelte seinem minderjährigen Gegenüber durch die Datenleitung warm zu.

Jan erwiderte das Lächeln. Ihm tat es gut, dass sich jemand für ihn interessierte und sogar zum Fußballplatz kommen würde. Sie schienen sich jetzt ganz nah zu sein. Julian sah, dass die zwei Pickel auf der Stirn des Jungen im Licht von dessen Schreibtischlampe rot leuchteten.

»Wir spielen nur fünf gegen fünf. Und ich bin da der Torwart«, sagte der Junge.

»Klingt spannend«, schmeichelte ihm sein Gegenüber.

Der Junge grinste selig. Endlich einer, der ihn verstand. Julian war der freudige Gesichtsausdruck des Jungen nicht entgangen. Er legte noch einen drauf.

»Und sicher der Beste in deiner Altersklasse.«

Der Junge zeigte ihm einen erhobenen Daumen.

»Träum schön und gute Nacht.«

»Ebenso«, sagte der Junge, lachte in die Kamera und drückte dann auf seiner Tastatur auf *escape*. Der Chat erlosch. Jan rollte auf seinem Schreibtischstuhl in die Mitte seines Zimmers, drehte sich übermütig darauf, rollte dann zu seinem Bett und warf sich hinein.

Auf der anderen Seite der Datenleitung riss sich Julian das Basecap und eine Perücke aus dunkelblondem Kunsthaar vom Kopf. Eine Glatze wurde sichtbar. Im Bad zog er sich vor seinem Toilettenspiegel vorsichtig kleine Silikonpads von den Wangen, dem Kinn und der Stirn. Es kamen Falten zum Vorschein, die der Junge aus dem Chat nie gesehen hatte. Er befreite seine Lippen von rotem Lipgloss und wusch sich das Gesicht. Im Spiegel erkannte er einen Mann, der an die vierzig Jahre alt war und dessen Kopf in seinen Proportionen und seiner Kahlheit nicht zu dem stark behaarten, aber sehr schlanken Leib passen wollte.

Eilig schlüpfte er in Hose, T-Shirt und lächerlich bunte Pantoffeln. Er kletterte über eine schmale Leiter vom Wohnzimmer hinunter in den Keller. Er öffnete eine Tür zu einem Raum, an dessen Wänden Regale vom Fußboden bis zur Decke reichten und in denen sich klobige Kartons stapelten. Aus einigen ragten Glaskolben. An Haken hingen Masken mit großen, gespenstisch wirkenden Augen, mit spitzen Nasen und grellroten Mündern. Sie waren aus demselben Material gefertigt wie die Pads, die der Mann sich eben vom Gesicht gezogen hatte.

Zur selben Zeit lümmelte die Oberkommissarin in ihrem Ferienapartment auf ihrer Couch und blätterte in der neuesten Ausgabe der Zeitschrift *Der Kriminalist*. Der Oberkommissar war unterdessen bei seinem dritten Bier angekommen. Er plante, noch heute mit seiner Frau zu telefonieren. Und vielleicht war ja sein Sohn auch noch wach.

Der Junge, der eben noch gechattet hatte, lag aufgewühlt und unruhig in seinem Bett. Voller Aufregung fragte er sich, wie sein Treffen mit Julian laufen würde, seine Gedanken umkreisten seine sexuellen Fantasien wie ein Sekundenzeiger das Ziffernblatt.

Eva Lindenthal versuchte trotz brennender Fragen in ihrem Bett Frieden zu finden. Toni Kielmann war indes auf dem Heimweg, den Magen voller Bier, den Kopf voller Rätsel. Etwas unsicher auf den Beinen stolperte er in eine Schweriner Pension, in der ihm die Polizeiinspektion ein Zimmer beschafft hatte. Seinen Sohn hatte er nicht erreicht, er hatte über seine Mutter ausrichten lassen, dass er schon schliefe.

Der Mann, der sich im Videochat Julian genannt hatte, schob sich eine der Masken über das Gesicht und schlüpfte in einen scharlachroten Anzug mit weiter Pluderhose. Er trat vor seinen Kellerspiegel, drehte sich vor ihm wie ein eitles Weib und begann zu singen. Mit einer Stimme, die sehr ungeübt und heiser klang, legte er einen neuen Text auf die alte Melodie des Kinderliedes »Ein Männlein steht im Walde«. Während er bei der Strophe jeweils die ersten Worte betonte, schrie er beim Refrain den letzten Satz heraus wie ein Punksänger vor pogendem Publikum.

Dreimal um den Stein,
ja, dann bist du mein.
Dreimal noch erwacht,
dann hab ich die Macht.

Komm in meine Arme fein,
wirst mein warmes Kindlein sein.
Petermännchen kommt in Rot,
dann bist du tot.

Er brach seinen Gesang ab. Er stürmte vom Keller nach oben in die Küche, riss seinen Kühlschrank auf, entnahm ihm einen winzigen Flakon mit einer durchsichtigen Flüssigkeit und stellte dann eine handelsübliche, mittlere Flasche Cola kalt. Der Flakon landete in einem verborgenen Täschchen seines Rucksacks. Dann ging er zu Bett.

Es war 22.25 Uhr. Zu dieser Zeit verfolgte die Kommissarin in ihrem Apartment auf Poel gebannt eine weitere Folge des Animes »Death Note«. Sie war von der Originalität der Charaktere und der Story überrascht. Tatsächlich entpuppten sich einige der Figuren durch ihr Handeln wie aus der Realität geborgt. Und kriminalistischen Spürsinn hatten L und Kira bei weitem genug, um sie unter Spannung zu halten. Eva Lindenthal kam an diesem Abend erst spät zur Ruhe, schreckte nachts mehrfach hoch, um gegen fünf Uhr bis zu ihrem Weckerklingeln ohne Störung durchzuschlafen.

Teil II

1

Montag, Schwerin, gegen 7.30 Uhr

Die lokalen Zeitungen und das NDR-Landesfunkhaus in Schwerin hatten an diesem Morgen das Phantombild und ein Foto der ominösen Maske des gesuchten Verbrechers gedruckt und gesendet, die Radiostationen verlasen ihren Hörern unablässig den Steckbrief der Schweriner Polizei. Toni Kielmann war zufrieden, obwohl der Staatssekretär im Schweriner Innenministerium anfangs nicht mit der Idee einverstanden gewesen war, die Suche nach einem Kindermörder derart zu verbreiten.

»Ich bin dagegen«, hatte er zu Kielmann gesagt. »Allerdings war Ihr Interview exzellent. Sie haben viel geredet, aber nichts gesagt. Das hat mir gefallen.«

»Klingt wie ein vergiftetes Kompliment«, hatte Kielmann geantwortet.

»Ganz und gar nicht. Wir müssen vorsichtig sein, dürfen die Bevölkerung nicht beunruhigen. Kindermorde sind eine sensible Sache. Wussten Sie, dass in den letzten fünfzehn Jahren mehr als fünfhundert Kinder unter vierzehn Jahren ermordet wurden? Umgebracht von Mütter, Vätern, anderen Verwandten, Fremden und uns nach wie vor Unbekannten?«

»Ja, es ist furchtbar. Zwar haben die Zahlen abgenommen …«

»… was ich sagen will, ist …« Der Staatssekretär hatte kurz innegehalten. »Nur in den wirklich dringenden Fällen sind wir an die Öffentlichkeit gegangen, weil uns die Angehörigen dazu ermächtigt haben. Oft haben wir aus Rücksicht auf die Familien keinerlei Fahndungen herausgegeben, sondern im Stillen ermittelt. Haben Sie die Einwilligung der Eltern in schriftlicher Form vorliegen?«

»Nein«, hatte Kielmann kleinlaut geantwortet.

Der Staatssekretär hatte vernehmlich ins Telefon gehustet. Und gesagt: »Dann brauchen wir ohnehin eine geschickte Formulierung, die Details und Fotos der getöteten Kinder vollständig ausspart.«

»Aber der Ergreifung des Mörders von Mohamed, dem vier Jahre alten Flüchtlingsjungen in Berlin, sind im vorletzten Jahr auch mehr als vierhundert Hinweise vorausgegangen. Dann hatten sie den Mann und mit ihm auch den Mörder an dem Potsdamer Jungen Elias.«

»Unter Verwendung von Aufnahmen einer Videokamera, die datenschutzwidrig an einer Kneipe angeschraubt war.«

»Wen interessiert's«, hatte Kielmann dem Staatssekretär zurückgegeben, »wenn dadurch ein Mörder gefasst wurde?«

»Ja, das war eine gesetzliche Grauzone«, hatte der Staatssekretär zugegeben. »Ich schlage vor, dass wir keine Details nennen. Wir schreiben in der Pressemitteilung, dass es sich um einen Verdächtigen handelt, der eine schwere Straftat begangen hat.«

»Dafür interessiert sich kein Mensch«, hatte Kielmann zu bedenken gegeben. »Straftaten gegen Kinder mobilisieren und emotionalisieren sehr viel stärker. Ich erhoffe mir etliche Hinweise.«

»Ich erinnere Sie nochmals an die Einverständniserklärungen, die wir nicht haben, und unsere größte Einnahmequelle, den Tourismus«, hatte der Beamte aus dem Innenministerium gemahnt. »Die Leute müssen sich hier wohl fühlen. Denken Sie nur an die Tausenden von Campern mit ihren Familien, die Strände von Boltenhagen bis Warnemünde …«

Schließlich hatten sie sich auf die Formel geeinigt, dass ein »Täter gesucht wird, der im Zusammenhang mit Kindern schwere Straftaten begangen hat«. Der so erzeugte Raum zur Spekulation hatte, wen wundert es, viele Gäste. Reporter überschlugen sich mit Mutmaßungen, Radiohörer fragten *on air*, wie sicher ihre Stadt noch sei, und im Internet tummelten sich selbsternannte Gralshüter von Moral und Gerechtigkeit und forderten, einem möglichen Täter die »Eier abzuschneiden«.

»Wo ist Eva Lindenthal?«, fragte soeben eine der Beamtinnen, die zur Soko »Kind« gehörte.

Kielmann hatte nach seinem Telefonat mit dem Ministerialbeamten eilig das Team zusammengetrommelt und allen befohlen, jeden Anruf aus der Bevölkerung ernst zu nehmen.

»Das weiß ich auch nicht«, sagte Kielmann wahrheitsgemäß. »Ich hoffe nicht, dass sie auf der Insel einen Urlaubstag einschiebt. Sie wird aber sicher wissen, was sie zu tun hat«, sagte er sybillinisch.

Und so saßen die Beamten der Soko »Kind« wie in einem Callcenter vor ihren Telefonen und schrieben eifrig mit, was bei ihnen einging. Kielmann hatte Glück. Im Wust von Anrufern, von denen viele glaubten, sie wüssten längst, wo der Mensch auf dem Phantombild wohnt, oder den Beamten Ratschläge gaben, was sie als Erstes mit dem Täter machen sollten, meldete sich eine Frau, die allem Anschein nach einen wertvollen Hinweis geben konnte.

»Mein Name ist Sander, Martha Sander. Und ich kenne diese Maske. Sie wird von jemandem getragen, der jedes Jahr auf den Schweriner Stadtfesten auftritt.« Ihre Stimme klang brüchig und alt.

»Moment«, sagte der Beamte, der den Anruf entgegengenommen hatte, »bleiben Sie unbedingt in der Leitung.« Er winkte Oberkommissar Kielmann aufgeregt zu sich. Er hielt eine Hand vor die Sprachmuschel und sagte: »Wir haben einen ernstzunehmenden Anrufer.«

»Zu mir ins Büro durchstellen.« Kielmann schnürte aus dem Soko-Raum und pflanzte sich hinter den Schreibtisch von Eva Lindenthal. Sein Blick fiel auf einen kleinen Buddha von ausladender Statur, dessen Augen direkt auf das Schreibtischtelefon gerichtet schienen.

Das Telefon klingelte. Er nahm ab.

»Kielmann?«

»Ich habe Ihrem Kollegen schon gesagt, was ich weiß«, sagte die Frau und räusperte sich.

»Was wissen Sie denn?«, fragte Kielmann. »Nennen Sie mir Details.«

»Die Maske, ich kenne sie. Wird von einem kleinen Mann getragen. Könnte kleinwüchsig sein. Hab ihn schön öfter auf verschiedenen Festen gesehen. Altstadtfest, Winzerfest, Töpfermarkt, Weihnachtsmarkt ...«

»Sie kommen ja viel herum«, antwortete Kielmann und gab sich ungläubig.

»Es ist meine Passion«, sagte sie in den Hörer. »Ich arbeite seit meiner Rente viel mit Kindern. Lese ihnen in Kitas Märchen vor, unterstütze Eltern bei Ausflügen, gehe mit Kindergruppen auf die Feste ...«

»Wie alt sind Sie, wenn ich fragen darf?«

»Achtundsechzig.«

»Das ist aber noch ein rüstiges Alter. Dennoch sind Kinder anstrengend ...«

»Ach, wissen Sie«, hob sie ihre Stimme und sprach jetzt sehr viel fester als noch zuvor, »ich habe lange Zeit am Theater in Rostock als Bühnenbildnerin gearbeitet. Und wer Theaterleute erträgt, der erträgt auch Kinder. Ist der gleiche Menschenschlag.«

Kielmann grinste unwillkürlich in den Hörer. »Was ist das für eine Maske?«, fragte er. »Welche Figur stellt die Person dar, die sie trägt?« Eine kurze Pause entstand.

»Eine Mischung aus einem Clown und dem sagenhaften Petermännchen.«

Aha, dachte Kielmann mit aufleuchtendem Stolz an seine Tochter. Sie hatte die Figur ins Spiel gebracht.

»Er kommt immer in neuer Kostümierung, auch die Masken verändern sich leicht«, sprach die Frau weiter. »Aber ihr Aussehen bleibt grundsätzlich gleich. Stark überschminkter Mund, hervorgehobene Augen, spitze Nase. Und die Maskenhaut an den Wangen ist immer glatt, wie bei einem Kind. Darunter mag sich ein alter Mann verbergen, aber die Maske macht ihn so jung und bunt wie einen Kobold, der niemals altert. Trotz der Falten auf der Stirn.«

Kielmann nahm sich mit einer Antwort Zeit.

»Was denken Sie? Erschrecken sich Kinder, wenn sie die Maskerade sehen oder nicht?«

»Wie gesagt, ihr Träger ist von sehr kleinem Wuchs, beinahe wie ein Kind von zehn Jahren oder elf. Dazu die Maske, die Kinder neugierig macht und ihnen aus Märchen oder Sagen irgendwie vertraut vorkommt. Ich würde sagen: Sie gehen eher auf den Maskenträger zu, als dass sie sich von ihm abwenden.«

»Sie haben uns sehr geholfen«, sagte Kielmann weich.

»Er hatte die Maske auf dem Gesicht, als er die Kinder mitnahm, oder? Er hatte die Macht der Illustration auf seiner Seite und die Kids ergaben sich dieser Macht. So läuft es auch auf der Bühne oder im Film. Nehmen Sie *Das Phantom der Oper* oder den Film *V wie Vendetta*. Die Träger der Masken sind austauschbar, die Masken aber haben einen hohen Wiedererkennungswert.«

»Was wollen Sie mir damit sagen?«, gab sich Kielmann verwirrt. Er ahnte, worauf die Anruferin hinauswollte, aber vielleicht brachten ihn ihre Gedanken auf etwas, was er noch nicht bedacht hatte.

»Jedes Schweriner Kind kennt das Petermännchen. Jedes Schweriner Kind war schon einmal auf einem Volksfest. Also wundert es mich nicht, wenn es mit einem Menschen mitgeht, der eine Maske trägt, die das Kind quasi verinnerlicht hat. So ist es auch mit dem Publikum. Die Maske aus dem *Vendetta*-Film wird von der Occupy-Bewegung getragen, die Masken des Karnevals in Venedig entstammen dem Theater und der Oper. Es wird immer

Maskenmenschen geben, die ihre wahre Identität und das Böse hinter Masken verbergen. Manche sind Fremde, manche gehören sogar zur Familie.«

»Sie sind eine kluge Frau«, sagte Kielmann in den Hörer.

»Warum auch nicht?«, fragte sie zurück. »Denken Sie, es gibt nur kluge Männer?«

»So habe ich das nicht gemeint«, ruderte er zurück.

»Es klang etwas überheblich«, sagte sie. »Aber sei's drum. Wenn Sie noch Fragen haben, rufen Sie mich wieder an.«

Sie gab ihm ihre Telefonnummer und Adresse. Kielmann wollte sich schon verabschieden, als sie sagte:

»Die nächste Gelegenheit, wo er öffentlich auftreten wird, ist das Schlossfest. Er wird sich unter die Darsteller mischen, die in historischen Kostümen durch den Burggarten, auf der Brücke und im Schloss flanieren. Da werden viele Familien mit Kindern kommen. Ein perfekter Ort für das selbsternannte Petermännchen, um sich getarnt an Kinder heranzumachen. Sie haben also noch knapp sechs Wochen, ihn vorher zu fassen.«

Es knackte in Kielmanns Leitung.

»Hallo? Sind Sie noch da?« Doch außer ihm war niemand mehr in der Leitung. Die Frau hatte das Telefonat beendet.

Kielmann eilte in den Teamraum zurück, winkte einen Beamten zu sich, gab ihm die Telefonnummer und Adresse von Martha Sander und sagte: »Überprüfen Sie die Dame mal. Wenn Sie in den Computern nichts finden, gehen Sie zu der Adresse und checken das Haus. Ich möchte mehr über die Frau erfahren.«

»Warum?«, fragte der Beamte.

»Sie wusste viel«, knurrte Kielmann. »Vielleicht zu viel.« Der Satz von Martha Sander, dass manche Maskenmenschen auch zur Familie gehören, ging ihm nicht aus dem Kopf. Unvermittelt wandte er sich an eine Beamtin: »Finden Sie den Mann, der in diesem Jahr das Petermännchen spielt. Vielleicht ist er den Organisatoren des Schlossfestes bekannt, wovon ich mal ausgehe.«

2

Insel Poel,
gegen 8.30 Uhr

Noch im Bademantel, einen starken Kaffee neben sich, griff die Oberkommissarin nach ihrem Handy und wählte die Nummer der Regionalschule in Kirchdorf.

»Lindenthal hier. Kripo Schwerin. Mit wem spreche ich?«

Die Frau am anderen Ende sagte ihren Namen. Sie hatte eine sehr helle Stimme. Die Kommissarin verringerte die Lautstärke ihres Mobiltelefons.

»Ich habe eine Frage«, sagte Eva Lindenthal, »ich ermittle in einem aktuellen Fall nach einer Lehrerin, die mal an Ihrer Schule gewesen ist, sie aber 1997 verließ. Gibt es jemanden bei Ihnen, der schon seit damals an der Schule ist?«

»Ich«, sagte die Frau kurz und bündig.

»Ah, dann können Sie mir sicher helfen.«

»Ich bin hier die Sekretärin.«

»Na, das ist doch wunderbar«, sagte die Kommissarin. »Meine Sekretärin weiß in der Regel mehr als ich. Also. Ich suche nach einer …«

»… aus datenschutzrechtlichen Gründen dürfte ich Ihnen sowieso nicht …«

»Hören Sie«, schnappte die Kommissarin in den Hörer, »ich rufe Sie nicht an, um gegen mir bekannte Datenschutzrichtlinien zu verstoßen. Wie Sie sich vorstellen können, haben Polizisten in der Regel einen Grund …«

»… der mir egal ist. Ich kenne Sie nicht. Also gestatten Sie mir doch wohl …«

»… wir machen es so«, versuchte die Kommissarin das Gespräch zu entschärfen, »ich gebe Ihnen meine Handynummer, und Sie rufen mich zurück, wenn Sie mir helfen wollen. Sagen wir in einer halben Stunde«

»Was genau wollen Sie wissen?«, fragte die Frau. Sie klang wie eine Amsel am Morgen. Hell und etwas nervig.

Unten vor dem Haus knatterte ein offenbar altes Motorrad mit einem Höllenlärm vorbei. Eva Lindenthal trat mit dem Handy in der Hand ans Fenster, das zur Straße hinausging. Doch sie sah nur noch, wie der Motorradfahrer um die Ecke bog und den Lärm mit sich nahm.

»1997 verließ eine Lehrerin Ihre Schule«, nahm die Kommissarin den Faden wieder auf. »Der Grund war das andauernde Mobbing von Schülern. Einer von ihnen hieß Maik Thielemann. Die anderen kenne ich nicht. Ich brauche ihren Namen und ihre Adresse. Soweit vorhanden.«

»Ich weiß, wen Sie meinen«, sagte die Sekretärin.

»Gut«, sagte die Kommissarin. »Rufen Sie mich an, wenn Sie mir weiterhelfen können. Ich gebe Ihnen jetzt auch noch die Nummer des Polizeipräsidiums in Schwerin. Dort können Sie sich vergewissern …«

»… ja, das tue ich«, unterbrach sie die Sekretärin. »Geben Sie mir alles. Ich muss auflegen. Es ist gleich Unterrichtsbeginn.«

Eva Lindenthal gab ihr, was sie brauchte, und beendete das Telefonat. Sie ärgerte sich, nicht freundlicher gewesen zu sein. Die Frau in der Schule hatte sich nur an gültige Gesetze zum Persönlichkeitsschutz gehalten.

Sie schaltete ihre Espressomaschine ein. Während sie vorheizte, schlug die Kommissarin in ihrem Flur einen Vorhang an der Wand zurück. Sie blickte auf ihre Taucherausrüstung, die passgenau in einer Wandflucht ihren Platz hatte. Augenblicklich bekam sie Lust auf einen Tauchgang. Zwar ging über das Meer ein steifer und frischer Wind, doch das scherte sie nicht. Ihr Neoprenanzug würde sie warm halten. Und eine Stunde hinauszuschwimmen und zu tauchen, würde sie erfrischen und fit machen für den Tag.

Doch zuvor brauchte sie einen Kaffee und den Kontakt zu der Lehrerin. Den Job wechseln wegen randalierender Schüler? Das hielt sie für ein starkes Stück. Und irgendwo weit hinten in ihrem Kopf suggerierte ihr etwas, dass die Leiden von gestern vielleicht vergeben, aber nicht vergessen waren.

Die Sekretärin der Schule tat der Oberkommissarin nicht den Gefallen, sich zurückzumelden, geschweige denn, ihr weiterzuhelfen.

Während Toni Kielmann und die Soko-Beamten weitere Anrufe aufgeregter Bürger entgegennahmen, ohne dass, bis auf Martha Sander, brauchbare Hinweise darunter waren, machte Eva Lindenthal einen Spaziergang zu jener einstigen Polytechnischen Oberschule, die den Namen des Kommunisten Wilhelm Pieck getragen hatte. Heute wie damals pilgerten jeden Morgen Schüler der Jahrgangsstufen eins bis zehn aus allen Teilen der Insel und aus Wismar in einen Plattenbau von 1975, der mittlerweile nach dem Poeler Gutsbesitzer und Pflanzenzüchter Hans Lembke benannt war. Obwohl mehrfach renoviert, waren die Spuren einstiger Mangelwirtschaft an Fenster, Wänden und Türen sichtbar geblieben.

Innen roch es muffig und nach Linoleum, einige der Wände hatten speckige Flecken, und wer genau hinsah, entdeckte hinter den Heizkörpern unappetitliche Schichten von Staub, Flugdreck und alten Spinnennestern.

Die Kommissarin klopfte an die Tür des Sekretariats.

»Herein«, rief dieselbe helle Stimme, die die Kommissarin bereits vom Telefon kannte.

Eva Lindenthal trat ein, nickte kurz zur Begrüßung, hatte dabei ihren Dienstausweis gezückt und fragte: »Können Sie mir mit dem Namen der Lehrerin weiterhelfen, wie versprochen?«

»Setzen Sie sich doch«, sagte die Frau um die fünfzig freundlich. Sie hatte ihr Haar auftoupiert wie in den siebziger Jahren des letzten Jahrhunderts, trug eine pinkfarbene Strickjacke und darunter eine weiße Bluse.

»Nein, ich stehe lieber«, sagte die Kommissarin und blickte die Sekretärin fragend an.

»Nun denn«, sagte die Frau und blätterte zwischen Papieren, die neben der Tastatur ihres Computers lagen. Ein merkwürdiger Dunst erfüllte das Sekretariat. Es roch ein bisschen nach Parfüm, ein bisschen nach Fußboden und ein bisschen nach altem Muff. Die Tür, die sich schräg hinter dem Schreibtisch befand, war verschlossen.

»Hier habe ich sie. Tessa Rubinstein. Natürlich. Sie unterrichtete Religion, Philosophie und Kunst. Sie schied 1997 aus. Auf eigenen Wunsch. Ich kann mir nicht vorstellen, dass …«

»Schüler dahintersteckten?«, fragte die Kommissarin forsch.

»Das ist ein offenes Geheimnis«, gab die Sekretärin zu. »Allerdings würde ich mich an Ihrer Stelle darauf nicht zu sehr fokussieren, denn es gibt ja immer auch andere Gründe.«

»Die da wären? Was denken Sie?«

»Eine andere Lebensplanung, Inselkoller …«

Die Kommissarin konnte sich jetzt ein Lächeln nicht verkneifen. »Inselkoller?«

»Wer die Provinz, eine griesgrämige Stimmung im Herbst und starken Nebel im Winter liebt, der ist hier richtig«, sagte die Sekretärin und senkte ihren Blick. »Sie wissen, was ich meine.«

»Ja, ich weiß. Ich habe hier ein Apartment.«

Die Miene der Sekretärin hellte sich etwas auf. »Dann wissen Sie ja, wovon ich rede.«

Beide Frauen schwiegen kurz.

»Hängt Ihr Interesse an der Lehrerin mit Ihrer Suche nach diesem Mann zusammen? Sie wissen schon, das Phantombild, die Maske heute in den Zeitungen.«

»Habe ich noch nicht gesehen«, sagte Eva Lindenthal wahrheitsgemäß. »Haben Sie eine Zeitung hier?«

Die Sekretärin zog die heutige Ausgabe der *Ostsee-Zeitung* unter ihrem Papierstapel hervor. Eva warf einen Blick auf den Lokalteil und das Interview, das Toni Kielmann gegeben hatte. Sie verzog ihren Mund. Sie murmelte so etwas wie »eitler Kerl«.

»Ich werde die Lehrerin mal besuchen«, sagte sie zu der Sekretärin. »Sie wohnt nicht zufälligerweise noch auf der Insel?«

»Meines Wissens nach in Hinter Wangern bei Timmendorf. Sie hatte da jedenfalls ihr Häuschen. War Familienbesitz. So was verkauft hier kein Mensch.«

»Wie komme ich da am schnellsten hin?«

»Zu Fuß am Wasser etwa eine Stunde, mit dem Auto nicht mehr als zehn Minuten. Immer in Richtung Südwesten halten. L 121, können Sie gar nicht verfehlen. Ich würde aber vorher anrufen. Sie dürfte zwar schon in Rente sein, aber Tessa Rubinstein war Kunstlehrerin. Kann sein, dass sie in irgendeiner Werkstatt töpfert oder Glas bläst oder Masken für das Schlossfest bastelt.«

»Masken?«, fragte die Kommissarin so scharf wie eine Gewitterböe aus West. »Was für Masken?«

»Tessa ist eine Spezialistin für Werk- und Klebstoffe. Sie hat die Theatergruppe an unserer Schule praktisch allein kostümiert, geschminkt und maskiert. Sie baut auch die Masken für das diesjährige Schlossfest. Die jungen Leute stehen darauf, sich zu verkleiden und zu maskieren. Ich glaube, daran haben angesagte Musiker einen großen Anteil. Cro, Sido, Sie werden sie kennen.«

»Ja«, log die Kommissarin, »klar, wer kennt die nicht?«

»Sie machen Rap, nur für Ihren Hintergrund«, sagte die Sekretärin und lächelte hintergründig.

»Na, besten Dank und bis bald mal wieder«, verabschiedete sich die Kommissarin schnell. Sie hatte bemerkt, dass die Sekretärin sie durchschaut hatte. Sie drückte ihrem Gegenüber die Hand. Fest und herzlich.

In ihrem Dienstwagen rief sie die Videoplattform *Youtube* auf und sah sich Videos der Musiker Cro und Sido an. Auch wenn sie diese Maskerade instinktiv abschreckte, so bewunderte sie doch die Konsequenz, mit der die Rapper sie veranstalteten.

Die Seitenleiste der Plattform offerierte ihr weitere Bands, die mit Masken auftraten. Sie kannte die Hardrock-Band Kiss, deren Mitglieder sich silberne Blitze oder schwarze Sterne auf die weißen Gesichter schminkten. Oder den Rockmusiker und Schauspieler Marilyn Manson, der ihr wie ein Vampir mit künstlichen Augen erschien. Aber die Metal-Bands Slipknot und Lordi sagten ihr nichts. Sie suchte nach Bildern und erschauerte augenblicklich. Deren aggressive Totenmasken erschienen ihr wie Hinweise auf Menschen, die den Tod als Entertainment und das Leben als Last begriffen.

Doch sie ahnte, dass die Maskerade vieler Rockbands bloß Public Relations für deren Musik war. Es galt, aufzufallen in einer Welt, in der die Musikstile wie Wellen auf dem Meer verschwammen, wo Videoclips nicht mehr nur die Musik illustrierten, sondern im Grunde kleine Spielfilme waren, in denen von Feuer bis Gewalt, von Blut bis Sperma alles erlaubt und von den Fans sogar gewünscht war.

Sie beschloss, Tessa Rubinstein nicht vorab zu benachrichtigen. Sie hatte interessante Erfahrungen damit gemacht, Menschen, die sie aus den unterschiedlichsten Gründen aufsuchte, mit ihrem Kommen zu überraschen.

3

Hinter Wangern bei Timmendorf, 9.45 Uhr

Es gibt Menschen, die fahren zur Erholung oder in den Ferien auf die Ostseeinseln Darß, Usedom, Hiddensee oder Rügen. Und es gibt die, die nach Poel fahren. Niemand, der hier wohnt, Urlaub macht oder ein verlängertes Wochenende verbringt, erwartete eine Infrastruktur, die keine Wünsche offen lässt. Poel ist eine Insel für Menschen, die gern ihre Ruhe haben und dadurch mit sich und der Welt ins Reine kommen wollen. Auch Timmendorf ist so ein Ort, den es schon seit mehr als siebenhundertfünfzig Jahren gibt. Die Menschen, die hier lebten, fingen Fische, die sie in Wismar verkauften, beackerten Land und lebten als Bauern. Sie bauten Boote und kannten sich deshalb vorzüglich mit Holz, Teer und Leinen aus.

Doch Poel war eine weitläufige Insel. Nicht jeder kannte jeden wie auf Hiddensee. Nicht jeder Einheimische sah auf einen Fremden und begutachtete ihn.

Eva Lindenthal kam die Insel vertraut vor. Sie war, wie sie sich selbst bezeichnete, ein Mädchen vom Land, mit Eltern, die Kühe, Schweine, Hühner und ein paar Kaninchen hatten, in Zickenhusen bei Schwerin einen kleinen Hof betrieben und der eigensinnigen, aber lebhaften Tochter ebenso wie ihren anderen Kindern das Reiten und Melken und das Besamen von Schweinen beigebracht hatten. Evas erster Freund war dann auch der Sohn der Nachbarn gewesen. Tim hatte, so wie Eva auch, Tiere verstanden und sie nicht als Lebewesen gesehen, die nur Dreck machten und stanken.

Als eines Tages, da war Eva vierzehn Jahre alt, zwei Schweine, eine Kuh und sämtliche Kaninchen verschwunden waren und die Polizei später ihre Kadaver mit durchschossenem Kopf auf einer Wiese nahe Zickenhusen fand, da schworen sich beide Teenager, sie würden später genau solche Menschen verfolgen, die Tiere stahlen, um sich daran zu ergötzen, wie sie unter ihrer Hand starben. Damals beschäftigte sie sich noch nicht ausgiebig genug mit dem Thema, denn sonst hätte sie ein Stück weitergedacht und gewusst, dass tagtäglich weltweit Millionen Tiere dafür starben, weil sich die Menschen an ihrem Fleisch beglückten. Doch Eva aß Fleisch, trug Lederschuhe und machte sich wenig Gedanken darüber, woher die Wurst und der Schinken kamen, die immer reichlich bei den Lindenthals auf den Tisch kamen.

Mit achtzehn war für sie die Sache klar. Weil Tim eine Ausbildung zum Rechtsanwaltsfachangestellten machte, um später Jura zu studieren, schlug sie den Weg des gehobenen Polizeivollzugsdiensts ein und wurde Kommissarin. »Das ist doch super«, hatte sie damals zu Tim gesagt. »Du wirst Richter und ich bringe dir die Kandidaten zur Verurteilung.«

All das war ihr bei ihrer kurzen Autofahrt von Kirchdorf nach Hinter Wangern durch den Kopf gegangen, und als sie sich gerade fragte, wie es Tim am Rostocker Landgericht wohl ginge, rollte sie auch schon an der Hausnummer 2a vorbei. Es war eines von drei Häusern, die hier standen, allerdings mindestens im Abstand von hundert Metern voneinander. Gegenüber ein Acker voller Raps, hinter dem Haus eine abfallende, riesige Wiese, die bis an das Boddengewässer reichte. Blickte man von seinem Ufer in Richtung Wismar, war Schluss mit der Romantik. Die Kräne der Hafenanlagen, ein andauernd rauchendes Kraftwerk und andere Industrieanlagen zeichneten am Horizont Bilder, die niemand mögen konnte.

Sie fuhr noch ein paar Meter weiter und parkte ihr Auto am Rand der Landstraße zwischen zwei knorrigen alten Linden. Sie stieg aus und lief die wenigen Meter zurück, die sie eben mit dem Auto weitergefahren war. Dabei hielt sie sich am Rand der Straße, um nicht sofort gesehen zu werden. Sie trat auf die Wiese und näherte sich dem Haus von seinem hinteren Teil. Es war ein zweistöckiges Gebäude, das an die hundert Jahre alt sein mochte, mit einem leuchtend roten Spitzdach, zwei großen Fenstern zur Straße und einem Balkon und kleinem Hof zur abfallenden Wiese hin. Zwei kleinere Schuppen links und rechts gaben dem Anwesen den Charakter eines Dreiseithofs. Aus einem der Schornsteine der Schuppen stieg Rauch. Hühner liefen frei herum, es roch nach Raps, frischem Gras und Hühnersuppe. Am Zaun, in den Ecken des Hofes, auf Fenstersimsen und an der Häuserwand hingen Figuren aus Keramik, standen Töpfe, Schüsseln und sonstiger Steinkram, der einen Hof gemütlich, aber sicher nicht aufgeräumter erscheinen ließ.

Sie stoppte an einem niedrigen Holzzaun, der nicht durchgehend gebaut war, und schritt so ungehindert auf den Hof.

»Hallo?«, fragte die Kommissarin. »Ist jemand zu Hause?«

Sie bekam keine Antwort. Eines der Fenster zur Wiese stand weit offen. Die rückwärtige Tür schien nur angelehnt zu sein. Sie drückte leicht dagegen, schritt hindurch und stand in einem kurzen Flur, der feucht und muffig, aber auch nach Räucherstäbchen roch. Sie blickte durch eine Zimmertür auf eine Art Salon, in dem ein Klavier und auf einem alten Holztisch ein Strauß gelber Tulpen standen. An der Wand hinter dem Klavier hing ein eindrucksvoll großes Holzkreuz mit einem Jesus, daneben zwei Gemälde des Expressionisten Henri Matisse. Das eine zeigte das Bild »Le bonheur de vivre« mit sich rekelnden, tanzenden und kuschelnden Figuren, mehrheitlich Frauen. Das andere war »Harmonie in Rot«, auf dem eine Frau an einem rotgedeckten Tisch saß, der vor einer roten Wand stand, vor sich gelbe und rote Früchte und Liköre und hinter sich ein Fenster, durch das sie auf eine grüne Wiese mit weiß blühenden Bäumen sah. Die beiden Drucke gaben dem Raum das Gefühl höchsten Glücks.

Ein Sofa sah Eva Lindenthal nicht, nur riesige, bunte Kissen, die überall auf dem Holzboden drapiert lagen und an den Wänden lehnten. Sie hörte ein Geräusch aus dem Obergeschoss, zu dem eine schmale Holztreppe führte.

»Hallo?«, fragte sie nochmals. »Jemand da?«

»Momentchen«, erscholl eine kräftige Frauenstimme von oben, »alte Frau ist kein Schnellzug!«

Nur einen Augenblick später zeigte sich die Person zu der Stimme, eine weißhaarige Dame in einem Hausanzug aus dunkelblauem Leinen, ihre Füße steckten in Schwedenpantoffeln, die jetzt ordentlich Lärm machten, als sie die Treppe vorsichtig herunterschritt. Auffällig war ein kreisrundes Muttermal von der Größe einer Kindermurmel unter ihrem linken Auge.

»Wer sind Sie?«, fragte Tessa Rubinstein. »Und was kann ich Ihnen Gutes tun?«

Die Kommissarin zeigte ihren Ausweis.

»Kommen Sie«, sagte die Gastgeberin, »setzen Sie sich auf eines der Kissen. Sie werden gar nicht mehr aufstehen wollen.«

Beinahe reflexartig wollte die Kommissarin antworten, dass sie wie immer stehen bleiben wolle, doch sie nahm die Einladung an. Der Raum verbreitete eine Stimmung, der auch sie sich nicht entziehen konnte und auch nicht wollte.

»Tee? Kaffee? Ein Wasser?«

»In der Reihenfolge«, sagte Eva Lindenthal und zeigte ihr schönstes Lächeln.

Tessa Rubinstein wies mit der Hand auf die beiden Bilder von Matisse. »Ich liebe sie. Sie verbreiten eine positive Grundstimmung. Und wenn Sie mögen, werden Sie doch ein Teil davon. Ich schlage auch vor, wir beginnen mit Tee.«

»Sie entscheiden.«

Die alte Lehrerin schlurfte aus dem Salon. Ihre Schwedenpantoffeln hatte sie ausgezogen und ging nun auf Socken. Als sie zurückgekehrte, blätterte ihr Gast in einem Bildband über die Insel Poel.

»Timmendorf, Kirchdorf und der Schwarze Busch sind schon schön«, sagte Tessa Rubinstein. »Kennen Sie den Schwarzen Busch?«

Die Kommissarin nickte. »Ich besitze dort ein Apartment.«

»Oh, das gefällt mir«, sagte die alte Dame. »Der Schwarze Busch ist ja eine winzige Ansiedlung von Menschen, die entweder nie von hier fortgingen und in ihren Strandhäusern blieben oder hier viel Geld investierten, um in neu errichteten Villen Apartments zu erwerben. Aber meiner Meinung nach ist keines der ausladenden Strandungetüme ein architektonisches Schmuckstück. Die Fassaden sind aus Beton und nicht geklinkert. Sie sind langweilig weißgetüncht und haben einfache Balkone davor. Die Zweiraumwohnungen sind quadratisch geschnitten, praktisch und öde, die Türen Massenware, die Küchen aufs Wesentliche reduziert, und in den Bädern haben Handwerker der Einfachheit halber graue Fliesen vom Boden bis gleich unter die niedrige Decke verklebt. Ich möchte so nicht wohnen.«

»Ich darf ergänzen«, sagte die Kommissarin, »dass die Armaturen in Küchen und Bädern so einfach und fad blinkern, wie das Wasser aus ihren Leitungen schmeckt. Aber ich schere mich um diese Kritik nicht. Wenn ich am Meer wohnen und von meiner Wohnung praktisch auf den Strand fallen will, dann hat das seinen Preis. Und wäre mein Apartment mit so einem Luxus ausgestattet, wie ich ihn mir sehr wohl vorstellen kann, dann würde ich keines besitzen.«

»Haben Sie nicht das Gefühl, zu viel Geld für zu wenig Ideen bezahlt zu haben?«, fragte Tessa Rubinstein.

Der Kommissarin entging das Lauern in deren Stimme nicht. »Nein, ich liebe meine Zweitwohnung, außerdem kann ich hier meinem Hobby, dem Tauchen, frönen, wie es mir gefällt. Ich schwimme raus und entspanne mich am Meeresboden. Und Sie? Ist Ihnen Hinter Wangern nicht zu arg einsam?«

Frau Rubinstein tat so, als habe sie die Frage überhört. Sie stellte das Tablett mit den Teetassen und der Kanne auf der Erde ab, schenkte ein, wies auf den Zucker und fragte:

»Sind Sie hier, um mich das zu fragen?«

»Ja, so ungefähr. Immerhin waren Sie mehr als fünfundzwanzig Jahre Lehrerin in dem Ort.«

»Genau genommen, waren es sechsundzwanzig Jahre, denn ich bekam für meinen Weggang eine Ausgleichszahlung aufgrund der Umstände meiner Entscheidung. Ich zähle die Monate des Geldsegens von der Schulbehörde automatisch mit.«

»Lesen Sie Zeitung?«, fragte die Kommissarin.

»Nein.«

»Kein Radio, Fernsehen, Internet?«

»Nein, nein«, wehrte die ehemalige Lehrerin ab, »ich habe genügend Neuigkeiten um die Ohren. Die aktuelle Politik interessiert mich nicht und Nachrichten aus meiner Provinz bekomme ich von meinen Freundinnen aus Timmendorf zugesteckt.« Sie trank einen Schluck Tee.

Lindenthal tat es ihr nach. »Es sind zwei Kinder getötet worden. Einer der Elternteile ging in Kirchdorf zur Schule und soll als Schüler ein schlimmer Rabauke gewesen sein. Maik Thielemann. Kennen Sie ihn?«

Durch Tessa Rubinstein ging ein sichtbares Zittern. Sie stellte vorsichtshalber ihre Tasse ab. »Sind Sie gekommen, um mit mir über meine Vergangenheit zu plaudern?«

»Ja, als Oberkommissarin der Abteilung Gewaltverbrechen ermittle ich in diesem Fall. Wir stehen vor einem Rätsel, das wir schnellstens lösen müssen. Wir glauben, dass der Täter noch ein drittes Kind auf dem Zettel hat. Wir müssen das verhindern. Und ich bin bei Ihnen, weil Sie durch Ihre Vergangenheit mit einem der Opfer verbunden sind.«

»Es waren drei«, sagte Rubinstein leise. »Drei gewalttätige, unerzogene und schwer einzuschätzende Jungen. Maik, Stefan und Toni.«

Die Kommissarin spürte, wie ihr Blut in Wallung geriet. Hieß nicht der Vater des toten Friedrich Stefan? Und Toni? Kielmann lebte doch seit seiner Kindheit auf Poel. Er hatte das Haus seiner Großeltern geerbt oder so ähnlich, hatte er ihr schon bei ihrer letzten gemeinsamen Ermittlung vor vier Jahren erzählt. Eva Lindenthal musste sich ordnen. Systematisch vorgehen. Irgendwo lag hier der Schlüssel zur Lösung des Falls verborgen, sie musste ihn nur finden.

»Erzählen Sie mir, wie es damals zuging an Ihrer Schule. Lassen Sie sich ruhig Zeit dabei.« Die Kommissarin nickte ihr freundlich zu. Und nahm noch einen weiteren Schluck Tee.

»Nach der Wende war die Schule ein heruntergekommener DDR-Plattenbau, grau und unansehnlich, mit jammervoll zerschlissenen Fensterholmen, davor ein Schulhof, in dessen Ecken Unkraut wucherte und auf dessen Betonboden pubertierende Mädchen und Jungen in den Pausen in großen Pulks zusammenstanden. Einige hielten Zigaretten versteckt in der Hand, zogen verstohlen daran, sahen sich dabei scheu und Unheil witternd um, doch wir als Aufsichtslehrer nahmen keine Notiz von ihnen. Es ist eine Zeit des Umbruchs gewesen. Die Schulordnung, die es einmal gegeben hatte, galt nicht mehr. Eine neue Ordnung, die zur Bundesrepublik passte, war zwar schon in Arbeit, aber dennoch wusste niemand so recht, ob das, was einst richtig gewesen war, jemals wieder richtig sein würde.« Tessa Rubinstein holte Luft.

Sie redet fast druckreif, dachte Eva Lindenthal.

»Doch solange an der Schule in Kirchdorf auf Poel so etwas wie eine Mini-Anarchie galt, rauchten die Schüler eben dort, wo sie gerade standen. Manche von ihnen spuckten ungeniert vor sich auf den Beton, andere schwangen Worte von ›komischen Zeiten‹, ›schwieriger Zukunft‹ und ›scheiß Osten‹. So war das damals 1991. In dieser Zeit lernte ich Theo kennen, einen zehnjährigen Knirps, der diese Bezeichnung mehr als verdiente, denn er wuchs nicht mehr. Er selbst wusste das gar nicht. Dass er kleinwüchsig bleiben würde, eine Wachstumsstörung hatte, gegen die auch keine Hormone halfen, das wussten nur seine behandelnden Ärzte und seine Eltern, die es aber gegenüber ihrem Sohn verschwiegen hatten. Mir erzählten sie es, denn ich war seine Klassenlehrerin.« Die Lehrerin rückte sich auf ihrem Kissen neu zurecht. Sie goss Tee für sich nach, sah die Kommissarin fragend an, doch die schüttelte leicht den Kopf.

»Wo war ich? Ach ja, Theo Sander. Allerdings war es für den Jungen auch unmöglich, wenigstens zu erahnen, dass mit ihm etwas nicht stimmte, denn einige andere Jungen in seinem Alter waren auch noch nicht viel größer als er. Doch das sollte sich in den darauffolgenden Monaten schnell ändern. Vor allem wuchsen den Jungs, die sehr viel Sport wie Rudern, Fußball oder Boxen machten, die Muskeln und Sehnen rasant, und sie schossen ungeheuer schnell in die Höhe. Drei von ihnen, die im Schul- wie auch im Freizeitleben engbefreundet waren, begannen erst abschätzig auf den Nachzügler zu sehen, machten ihre derben Scherze, und irgendwann vergriffen sie sich auch körperlich an ihm. Das waren Maik, Stefan und Toni. Sie wurden zu einer Art Hassfiguren in dem noch jungen Leben des kleinen Theo, dessen Körperwuchs bei unter einem Meter vierzig stehen blieb, während sein Kopf seinem Alter gemäß an Umfang gewann, wie auch seine Hände und Füße.«

»Konnten Sie ihn denn nicht schützen?«, fragte die Kommissarin und wusste sogleich, dass diese Frage überflüssig war.

»Wie denn bei Klassenstärken von bis zu dreißig Jungen und Mädchen?«

»Was passierte genau?«, fragte Eva Lindenthal. »Erinnern Sie sich noch?«

»Als sei es erst heute geschehen«, antwortete Tessa Rubinstein. Ihr Muttermal begann zu zucken. Ihre nächsten Worte trug sie überaus emotional vor. »Sie haben ihn als Alien, als Rumpelstilzchen beschimpft, ihm zwischen die Beine gefasst und gehöhnt, dass dort überhaupt nichts sei, was Theo zu einem Jungen machen würde. Sie empfanden ihn als Störung, und er empfand ihre Handgreiflichkeiten als Störung in seinem noch so jungen Leben. Beide Störungen stießen sich ab. Theo beklagte sich oft bei mir und erzählte, was sie mit ihm anstellten, wovon ich gar nichts mitbekam. Sie sperrten ihn ins Schulklo, in Schränke, in denen er singen musste, jagten ihn mit Stöcken übers Schulgelände oder stellten ihm ein Bein, wenn er an ihnen vorbeimusste. Sie griffen nach ihm und trugen ihn zu Pfützen und legten den strampelnden kleinen Kerl darin ab. Er sagte damals zu mir, dass er aufgehört habe, seine blauen Flecken von den Rangeleien und Knuffen zu zählen, die ihm die schon gefühlt doppelt so groß gewachsenen und der Geschlechtsreife nahen Mitschüler verpasst hatten.«

»Gab es damals keine Therapien gegen seinen Kleinwuchs?«, fragte die Kommissarin.

»Natürlich gab es die. Somatropin ist eigentlich ein bewährtes Wachstumshormon. Doch alle Versuche seiner Eltern und Ärzte, diesen Zustand mit Hilfe von Somatropin auszuhebeln, scheiterten. Theo blieb kleinwüchsig, sah sich verfolgt von seinen Peinigern und lernte einen Gefühlszustand kennen, der ihm bislang fremd gewesen war: Hass und Angst. Hass auf seine Unterdrücker in der Schule und Angst davor, dass deren Gewalt noch schlimmer und ihre Unterdrückungsmethoden noch perfider werden könnten.«

Beide schwiegen eine Weile und dachten nach.

»Nun haben wir nur über Theo Sander geredet«, sagte die Kommissarin. »Was ist mit Ihnen? Sie verließen die Schule vor allem wegen dieser drei Schüler.«

Die Lehrerin erhob sich, ächzte dabei etwas und fragte: »Jetzt den Kaffee?«

»Gern«, antwortete die Kommissarin. »Haben Sie dazu auch etwas Gebäck? Ich habe heute noch nichts gefrühstückt.«

»Aber sicher doch«, sagte die alte Dame. »Das kommt mir bekannt vor. Ich habe früher vor elf Uhr nichts hinunterbekommen. Ich schmiere Ihnen ein Marmeladenbrot aus Felsenbirnen. Kennen Sie die?«

»Nein, nie gehört.«

»Sehr schmackhafte Früchte, zwar winzig klein, vielleicht die Größe von kleinen Blaubeeren, aber viele Vitamine, Eisen, Spurenelemente. Die Felsenbirne kannten schon die Indianer im wilden Westen. Kommt aus Kanada. Wächst in meinem Garten. Und steht in Hamburg an jeder Ecke.«

Während sich Tessa in der Küche zu schaffen machte, dachte die Kommissarin nach. Ein Kleinwüchsiger, der in seiner Kindheit gequält wurde? Möglicherweise von jenen, deren Kinder ermordet wurden? Lag da nicht ein Zusammenhang nahe? Aber es klang ihr zu einfach. Und Tessa Rubinstein? Es schien sie noch heute stark zu erregen, was damals geschehen war. Auch persönlich.

Die Kommissarin erhob sich aus dem Kissen und folgte der Lehrerin in die Küche. Sie setzte sich auf einen der zwei Holzstühle. Tessa Rubinstein stand vor einer Wand mit Regalen, einer Anrichte und einem Glasschrank, der wirklich uralt schien. In den Regalen und auf den Schränken stand eine stattliche Sammlung an Geschirr, Schmuck, Figuren und Küchenkeramik. Die Lehrerin hatte der Kommissarin den Rücken zugekehrt und verteilte die Marmelade auf einer Scheibe Schwarzbrot.

»Wissen Sie, wo ich Theo finden würde, wenn ich mit ihm sprechen wollte?«, fragte die Kommissarin vorsichtig.

»Ich habe keine Ahnung«, sagte die Frau, drehte sich aber dabei nicht zu ihr um. Ihre Hände griffen nach einem Messer. »Ich habe ihn aus den Augen verloren«, sagte sie eine Spur zu laut.

Die Kommissarin horchte auf. »Wann denn?«, fragte sie.

Jetzt wandte Tessa Rubinstein sich ihrem Gast wieder zu. »Als ich ging, verließ auch er die Schule nach der zehnten Klasse. Ich glaube, er machte eine Lehre in Schwerin, ich weiß es aber nicht genau.«

»Gab es einen konkreten Anlass dafür, dass Sie gingen?« Die Kommissarin fasste nach dem Salzstreuer vor sich und behielt ihn erst einmal in ihrer Hand.

»Die drei wurden dabei erwischt, als sie zu Silvester einen Benzinkanister unter mein Auto stellten, um ihn möglicherweise anzuzünden. Ich war ja auch die Klassenlehrerin von Maik, Stefan und Toni. Aber sie entzogen sich mir vollständig und spielten ihre boshaften Spiele nicht nur gegen Theo, sondern auch gegen Schüler der unteren Klassen und andere Lehrer. Und ich war ihnen besonders verhasst, weil ich die Klassenlehrerin war und dafür sorgte, dass sie Tadel und öffentliche Verweise erhielten. Die unheilvollen drei von der Schule werfen zu lassen, habe ich leider nicht geschafft. Also ging ich. Es wurde aber auch Zeit. Ich war ja bereits zu DDR-Zeiten dort beschäftigt gewesen. Irgendwann ist man mit dem Beruf des Lehrers auch durch.«

»Das klingt jetzt, als hätten Sie das Mobbing Ihnen gegenüber nur zum Anlass genommen. Reden Sie sich da etwas schön?«

»Mag sein. Heute sehe ich entspannter auf meine Vergangenheit, als ich damals auf meine Gegenwart sah.«

»Wie ging es danach für Sie weiter? Neue Schule?«

»O nein. Ich bin jetzt neunundsiebzig Jahre alt. Als ich ging, war ich neunundfünfzig. Also nicht mehr weit vor der Rente. Ich habe mich seitdem nur noch meinen Interessen gewidmet. Gehen wir zurück in den Salon?«

Als sie sich wieder auf den Kissen niedergelassen hatten, fragte die Kommissarin: »Was waren oder sind das für Interessen?« Sie biss herzhaft in ihr Brot. Die Früchte der Felsenbirne schmeckten wie eine Mischung aus Johannisbeere und Vanille, und sie hatten auch eine schöne, dunkelrote Farbe. »Mhhh, sehr gut«, lobte Eva Lindenthal.

»Ich gebe Ihnen nachher ein Glas davon mit«, sagte Tessa Rubinstein lächelnd. »Wo waren wir stehen geblieben? Ach ja, meine Hobbys. Töpfern, Glasbläserei, Bildhauerei. Das habe ich ja alles mal im Studium gelernt, bevor ich Kunsterzieherin wurde. Ich verdiene damit auf Märkten und Volksfesten einiges zu meiner Rente dazu.«

»Auch Masken? Können Sie so etwas auch? Masken herstellen für Theaterspiele, für historische Festzüge?« Die Kommissarin blickte so unschuldig, wie sie nur konnte.

»Nein«, sagte Tessa Rubinstein, »hat mich nie interessiert.«

»Dann muss sich die Sekretärin Ihrer einstigen Schule geirrt haben. Sie sagte nämlich, dass Sie sich auch mit historischen Masken beschäftigen. Das Petermännchen, Wallenstein et cetera.«

»Dann irrte sie«, sagte die Lehrerin fest. Sie sah jetzt in ihre Kaffeetasse, als schwimme an ihrem Grund die endgültige Wahrheit.

»Ach, bevor ich es vergesse«, sagte die Kommissarin nach ihrem letzten Bissen Schwarzbrot, »haben Sie selbst Kinder? Oder waren verheiratet?«

»Nein, nie«, sagte die Lehrerin fest. »Ehe hat mich nie interessiert, schon gar nicht Männer. Und Kinder hatte ich genug um mich herum. Nein, für mich ist ein traditionelles Familienmodell nicht in Frage gekommen.«

Die Kommissarin blickte auf die beiden Matisse-Bilder. Es waren fast nur Frauen auf ihnen abgebildet. Es war ihr auch kein einziges männliches Utensil in den Räumen hier aufgefallen.

»Und trauen Sie Ihrem so gedemütigten Schüler Theo zu, dass er sich nach Jahren an seinen Mitschülern gerächt haben könnte?«

»Sie stellen mir ja Fragen!«, entrüstete sich Tessa Rubinstein jetzt, aber es klang in den Ohren der Kommissarin irgendwie unecht. »Natürlich nicht! Er war ein guter Junge und ist es als Mann sicher auch noch.« Sie warf einen Blick auf ihre große, schwere und für ihren Arm viel zu große Uhr. »Wenn ich wo wär«, sagte sie zu der Kommissarin und blickte sie unverhohlen kühl an, »ich würd jetzt gehn.«

Eva Lindenthal schaute für einen Sekundenbruchteil irritiert zu ihr hin, verstand dann aber. Sie erhob sich und dankte für die

Gastfreundschaft. Beim Hinausgehen wandte sich nochmals der alten Dame zu.

»Besitzen Sie noch alte Unterlagen aus der Zeit in Kirchdorf? Klassenarbeiten, Klassenbücher und so etwas? Mich würden die Nachnamen der Kerle interessieren, von denen Sie sprachen.«

Tessa Rubinstein sah sie scheel an. Bereit, hinter der Kommissarin ihre Haustür zu schließen, hielt sie den Knauf von innen mit einer Hand fest umschlossen. Dann schien ihr etwas eingefallen zu sein.

»Warten Sie kurz.«

Sie ging durch den Eingangsflur und verschwand am Ende des Gangs hinter einer Tür. Ein paar Augenblicke später kam sie wieder zurück und drückte Eva ein Glas mit dunkelrotem Inhalt in die Hand. Die Kommissarin schaute verdutzt.

»Die Marmelade hatte ich Ihnen ja versprochen. Und die Namen der Jungen habe ich im Kopf, als wäre es gestern gewesen«, sagte sie triumphierend. »Den kleinen Theo Sander kennen Sie bereits, und auch Maik Thielemann ist Ihnen ein Begriff. Seine beiden Freunde hießen Stefan Claus und Toni Kielmann. Wofür brauchen Sie deren Namen?«

Die Augen der Kommissarin hatten sich vor allem bei dem letzten Namen verdunkelt. Auf ihrem Gesicht lag jetzt ein schwerer Schatten.

»Wie schon gesagt, es geht um zwei schwere Verbrechen«, stotterte Eva. »Einzelheiten darf ich Ihnen nicht nennen. Aber Leidtragende sind zwei ehemalige Schüler von Ihnen. Könnte also sein, dass demnächst ein dritter Schüler von Ihnen auch betroffen sein könnte.«

»Wer?«

Die Kommissarin blickte prüfend auf die alte Frau. »Toni Kielmann.«

»Warum?«, fragte die Lehrerin. »Wenn ich Ihnen helfen soll, dann erzählen Sie mir die ganze Wahrheit.«

»Es sind zwei Kinder gestorben. Das von Maik Thielemann und das von Stefan Claus. Umgebracht.«

»Wie viele hat Kielmann?«, fragte die Lehrerin.

»Zwei. Ein Mädchen, einen Jungen.«

»Oh, mein Gott. Ich wünsche Ihnen Glück bei der Suche.« Tessa Rubinstein verabschiedete sich knapp und verschwand in ihrem Haus.

Draußen auf der Straße durchfuhr die Kommissarin ein Gefühl, als habe sie gerade einem Menschen gegenübergesessen, der vor ihr etwas zu verheimlichen hatte. Sie blickte sich schnell noch einmal nach dem Haus um. Eine Gardine schaukelte verräterisch. Kontrollierte Tessa Rubinstein, ob sie auch wirklich abfuhr?

Zurück in ihrem Auto verstaute sie die Marmelade und wählte die Nummer von Toni Kielmann. Sie hatte nicht nur *eine* drängende Frage an ihn.

4

10.36 Uhr

Sie erreichte ihren Partner erst nach mehreren Anläufen. Zuvor war sie an den kleinen, pittoresken Hafen von Timmendorf gefahren, wo sie unter dem alten Leuchtturm von 1873 in einem Lokal einen faden Milchkaffee getrunken und den Möwen bei ihren Streitereien um Brotkrumen zugesehen hatte. Sie war dabei, respektable zwei Euro achtzig für die lauwarme Plürre zu bezahlen, als Kielmann zurückrief.

»Eva! Du lebst noch? Ich habe hier inzwischen …« Er schrie fast in den Hörer.

»Ich auch«, sagte sie trocken. »Ich habe hier auch gearbeitet.«

»Was sind denn deine News?«, fragte er eine Spur zu arrogant.

»Wahrscheinlich wird eines deiner Kinder das nächste Opfer sein«, sagte sie lapidar. Ihr schmeckte es gar nicht, dass sich Kielmann in den letzten Stunden nicht einen Hauch dafür interessiert hatte, ob und wie sie in ihren Ermittlungen weitergekommen war. Sie waren zwar ein gutes Team, doch nach ihrem Geschmack führte er sich so auf wie schon vor vier Jahren. Er versuchte sie zu dominieren.

»Wie bitte?«, rief er erregt in den Hörer. »Das sagst du mir so, als würdest du die Wasserstandsmeldung der Elbe in Cuxhaven referieren? Wie kommst du auf diesen Unsinn?«

»Tut mit leid«, legte sie ein jetzt wenig Schmelz in ihre Stimme. »Ich habe bis eben mit deiner früheren Klassenlehrerin gesprochen. Tessa Rubinstein. Sie sagt dir sicher etwas. Sie berichtete mir von dir und deinen beiden feinen Freunden. Von den Hasstiraden gegen einen kleinwüchsigen Schüler, von euren Angriffen und Tätlichkeiten. Dir dürfte nicht entgangen sein, dass eines der Opfer der Sohn von Stefan Claus ist. Das andere gehört zu Maik Thielemann, der heute Maik Moschiri heißt. Klingelt da was bei dir?« Sie lauschte in den Hörer.

»Ich muss sofort nach Kirchdorf!«, klang er fast verzweifelt.

»Ich bin bereits hier«, sagte sie, »und fahre sofort zur Schule. Wie gesagt, es ist nur eine Vermutung, dass der Täter auch dein Kind will.«

»Das dritte Opfer«, sagte er. »Das Petermännchen, das dreimal seinen Bart um einen Stein wachsen lassen muss, um erlöst zu sein.«

»Oder dreimal mit einem Soldaten kämpfen muss. Ich denke, die Animefigur L ist damit vom Tisch«, ergänzte sie.

»Ich aktiviere ein Mobiles Einsatzkommando und nehme mir einen Streifenwagen«, antwortete Kielmann. »Jan müsste heute in der Schule sein. Allerdings weiß ich nicht, wie lange.«

Die Kommissarin blickte auf die Uhr. »Es ist jetzt halb elf vorbei. Da hat er sicher noch Unterricht. Wir sehen uns gleich.« Sie beendete das Telefonat, lief zu ihrem Wagen und fuhr mit quietschenden Reifen vom Hof des Lokals. Sie tippte auf die Nummer des Schulsekretariats. Ihr Klingeln ging ins Leere. Sie hatte gehofft, dass die Sekretärin den Jungen aus dem Unterricht nehmen und ihn so unter Kontrolle halten könnte.

In Schwerin hatte sich Kielmann bereits in einen Streifenwagen geworfen, der mit Blaulicht und dem üblichen Sirenengetöse erst durch die Schweriner Innenstadt und dann in Richtung Autobahn raste. Hinter ihm fuhr ein weiterer Polizeiwagen mit vier Beamten. Den Schluss bildete ein Mannschaftswagen. In ihm saßen acht schwerbewaffnete und mit kugelsicheren Kevlar-Westen und Combat-Stiefeln ausgerüstete MEK-Beamte. Sie trugen Helme, Schnellfeuerwaffen und Masken, die sie sich bis über die Nasen gezogen hatten. Der martialisch anmutende Tross hatte jetzt die A 14 erreicht und fuhr in scharfem Tempo in Richtung Wismar. Für die Strecke nach Kirchdorf würden sie wegen der schmalen

Landstraßen nach der Autobahn ungefähr vierzig Minuten brauchen. Es war dreiviertel elf.

Die Kommissarin erreichte die Schule um 11.05 Uhr. Sie stoppte ihr Auto abrupt aus seiner schnellen Fahrt, rannte über einen kleinen Vorplatz, vorbei an den neugierigen Blicken von Schülern, und stürmte durch den Schulflur in Richtung Sekretariat. Doch es war verschlossen. Mit hochrotem Kopf, keuchend und mit wildentschlossenem Gesichtsausdruck machte sie kehrt und riss wahllos Türen auf, die sich an den Flurwänden aneinanderreihten. Bei der dritten hatte sie Glück. Schüler saßen im Biologieunterricht. Die beiden anderen Räume zuvor waren leer gewesen. Ihr flogen erstaunte Blicke der Schüler und des Lehrers zu. Der stand vor einer Schautafel mit den Hirnstrukturen des Menschen und der Schimpansen und hielt einen Zeigestock in der Hand, der auf den vorderen Stirnlappen eines Homo sapiens zeigte.

»Kriminalpolizei«, schrie sie in den Unterrichtsraum hinein, »wo finde ich Jan Kielmann?«

Ehe der Lehrer antworten konnte, sagte eine Schülerin: »Der hat Sport.«

»Wo?«, fragte die Kommissarin scharf.

»Auf dem Platz hinter der Schule. Die spielen Fußball. Könnte aber sein, dass die Stunde schon vorbei ist.«

»Los, komm mit«, befahl sie der Schülerin. »Du führst mich dahin.«

»Was ist eigentlich los?«, fragte der Biologielehrer sichtlich verärgert.

»Eine polizeiliche Ermittlung, ich erkläre Ihnen das später.« Eva Lindenthal zeigte ihren Dienstausweis.

Gemeinsam mit dem Mädchen, das vielleicht zwölf oder dreizehn sein mochte und seine schulterlangen Haare mit roten, grünen, violetten und blonden Strähnen gefärbt hatte, eilte sie durch mehrere Gänge und Türen hinaus in Richtung Sportplatz. Bis auf zwei Jungen, die am Zaun lehnten und von ihren Handys Musik hörten, waren keine anderen Schüler zu sehen. Das Mädchen und die Kommissarin stoppten vor ihnen.

»Wo ist Jan?«, fragte die Schülerin, ehe Eva Lindenthal dazu kam.

»Wieso? Bist scharf auf ihn?«, fragte einer der Jungen zurück, der aussah wie ein Milchbubi.

»Quatsch nicht«, fuhr ihn die Kommissarin an. »Wo ist er?« Sie zeigte ihm ihren Dienstausweis, um die Wichtigkeit zu unterstreichen.

»Wow«, sagte der Schüler. »'nen Polizeiausweis hab ich noch nie gesehen.«

Die Kommissarin funkelte ihn böse an.

»Wo ist Jan Kielmann?«, wiederholte sie und packte ihn an den Schultern.

Sein Begleiter glotzte interessiert.

»War bis vor zehn Minuten noch hier«, riss sich der Milchbubi aus dem Griff der Kommissarin los. »Ist aber losgefahren mit jemandem. Hat ja 'ne Freistunde.«

»Mann oder Frau?«, fragte die Kommissarin. »Wie sah er aus? Hast du das Auto gesehen?«

»Ne, war ein Motorrad. Alte Kiste. Hat 'nen Höllenlärm gemacht. War 'nen ultrakleiner Typ, wie so 'n Hobbit, wenn Sie wissen, was ich meine. Und eindeutig Mann, hatte 'ne tiefe Stimme.«

»Ah ja. Verdammt«, fluchte die Kommissarin. Die Erinnerung an heute Morgen flammte in ihr auf, als sie wegen des knatternden Motorradlärms ans Fenster ihrer Wohnung getreten war. Doch sie schob den Gedanken beiseite. Jetzt brauchte sie erst einmal eine Beschreibung. »Wie sah der Hobbit aus?«, fragte sie mit sarkastischem Unterton.

»Konnte man nicht sehen. Hatte 'nen Helm mit schwarzem Visier auf, dunkle Kleidung, schätze Leder oder so was. Jan hat noch schnell 'ne Cola getrunken. Dann hat er sich hinter den Typen aufs Motorrad gesetzt, an ihn geklammert und sie sind gemeinsam abgeknattert.«

»Welche Richtung?«, fragte Eva Lindenthal.

Der Schüler zuckte mit den Schultern. »Ich weiß nicht, einfach weg vom Platz. Irgendwohin.« Er zeigte mit dem Finger in Richtung Meer.

Die Sirenen heraneilender Einsatzfahrzeuge beendeten ihr Gespräch. Nur Augenblicke später stürmte der schwerbewaffnete Trupp, allen voran Toni Kielmann, um eine der Ecken des Schulgebäudes zum Sportplatz, dorthin, wo Eva Lindenthal und die drei Schüler standen.

»Er ist weg«, rief die Kommissarin ihrem Kollegen zu.

Toni Kielmann stoppte aus vollem Lauf kurz vor ihr. Die MEK-Beamten blickten durch die Zielfernrohre ihrer Waffen und sicherten vorerst das Gelände.

An den Fenstern der Unterrichtsräume drückten sich neugierige Schüler die Nasen platt. Die ersten Lehrer erschienen auf dem Gelände, doch Eva Lindenthal hielt sie mit einer eindeutigen Handbewegung auf Abstand.

»Abgeholt von einem kleinen Mann in Lederkluft und Motorrad. Hast du so jemanden in deiner Familie, Toni?«

»Nein.«

»Dann haben wir ein Problem.«

»Sind Sie der Vater von Jan?«, fragte der Milchbubi. »Der Kommissar?«

Kielmann nickte abwesend mit dem Kopf.

»Coole Sache, Mann, Jan hat schon viel von Ihnen erzählt. Aber zum Fußball waren Sie noch nie, hat er gesagt.«

Kielmann lief dunkelrot an.

»Verpisst euch in die Schule«, fuhr er die Jungen an. »Haut ab, das hier ist eine Polizeiermittlung. Ich lass euch sonst alle verhaften.«

Die beiden Schüler trollten sich.

»Du kannst auch zurück in den Unterricht«, sagte die Kommissarin zu der Schülerin. »Danke für deine Hilfe.«

»Dafür nicht«, sagte das Mädchen und schlich langsam davon. Sie blickte sich mehrmals nach dem massiven Polizeiaufgebot um.

»Was nun?«, fragte Kielmann. Verzweiflung lag in seiner Stimme.

»Schick erst mal die MEKs wieder nach Hause«, sagte die Kommissarin, »und dann brauchen wir einen Kontakt zu unserem Boss. Möglicherweise müssen wir schnell die Medien einspannen und in einer Mitteilung den Entführer von Jan auffordern, ihn wieder freizugeben.«

»Da spielt der Staatssekretär nie mit«, knurrte Kielmann.

»Dann machen wir es eben an ihm vorbei. Kinderleben sind wichtiger als politische Ruhe.« Die Kommissarin griff nach ihrem Handy.

Während sie im Polizeipräsidium anrief, beorderte Kielmann das MEK wieder nach Schwerin zurück. Nach nur wenigen Sekunden war der Platz so leer, als hätten hier nie schwerbewaffnete Beamte gestanden. Den anderen Polizeibeamten sagte er, dass sie in ihren Autos auf weitere Anweisungen warten sollen. Auch sie trollten sich vom Schulgelände.

»Ja, Eva hier.« Sie hatte ihren Vorgesetzten Timmermann an die Strippe bekommen. »Herr Timmermann, der Sohn von Toni Kielmann ist wahrscheinlich entführt worden. Es würde passen zu den beiden anderen Kindermorden. Wir haben eine eindeutige Indizienkette, aber noch keine Beweise. Wir müssen mit den Medien arbeiten.«

»Aber erst, wenn klar ist, dass der Filius von Kielmann wirklich entführt wurde.«

»Das ist laut Zeugenaussagen klar. Schüler haben beobachtet, wie er von einem fremden Mann mit einem Motorrad abgeholt worden ist und davonfuhr.«

»Freiwillig? Ohne Zwang?«

»Ja«, sagte die Kommissarin, die ahnte, was jetzt kommen würde.

»Eine Entführung spielt sich meiner Meinung nach anders ab. Gegen den Willen des Opfers. Und wenn es so war, wie Sie beschreiben, Eva, dann war es keine Entführung, sondern eine freiwillige Angelegenheit.«

»Wenn Sie das meinen, Herr Timmermann!«, schmetterte sie in den Hörer. »Auf Ihre Verantwortung. Sollte dem Jungen etwas zustoßen, so wie den anderen, die ja auch anscheinend freiwillig mitgingen, dann sind Sie dafür verantwortlich. Und das kostet Sie nicht nur Ihre Karriere.«

»Drohen Sie mir etwa, Kollegin Lindenthal?«

»Nein, ich beschreibe die Realität.«

Timmermann schwieg kurz.

»Also gut. Tun Sie, was Sie für richtig halten.« Er beendete das Gespräch.

»Bürohengst«, fluchte die Kommissarin und wandte sich wieder Kielmann zu. »Beordere die Spurensicherung aus Wismar her, die sollen das Reifenprofil aufnehmen. Vielleicht finden sich noch andere Hinweise, die wir noch gar nicht sehen oder vermuten.«

Kielmann telefonierte. Die Kommissarin besprach sich kurz mit den Lehrern, die noch immer auf die Szenerie starrten, als seien sie aus Stein. Zurück bei Kielmann sagte sie:

»Ich würde sagen, dass wir knapp verpasst haben, live dabei zu sein, wie die Vergangenheit die Gegenwart einholt.«

»Wie meinst du das?«, fragte er scharf.

»Die Söhne von Stefan Claus und Maik Thielemann sind ermordet worden, dein Sohn mutmaßlich in der Hand desselben Täters. Ich tippe auf einen früheren Mitschüler von euch, den ihr besonders mies und gewalttätig behandelt habt. Theo Sander. Der Junge, der nicht mehr wachsen wollte.«

Kielmann blickte seine Kollegin beinahe feindselig an. »Was weißt du noch?«, schnappte er sie an.

»Alles. Tessa Rubinstein und Theo Sander sind Opfer eurer pubertären und unkontrollierten Gewaltausbrüche gewesen. Warum sollte sie mir gegenüber Rücksicht nehmen? Dass du heute Kommissar bist und für Gerechtigkeit kämpfst, würde sie sicher freuen zu hören, doch vergessen wird sie dich deshalb nicht.«

»Wo finden wir das Schwein?«, fragte Kielmann mit Wut in der Stimme. »Und wie sieht er überhaupt aus?«

»Er hat sicher noch Eltern, die leben. Wenn wir ihn nicht finden, dann sie.«

»Trug er eine dieser ominösen Masken, als er meinen Sohn mitnahm?«

»Die Schüler konnten sein Gesicht nicht beschreiben, weil er einen Helm mit dunklem Visier trug. Aber sein Motorrad soll sehr alt und auffällig laut gewesen sein.«

»Moment mal!«, schrie es aus Kielmann heraus, »hast du Theo Sander gesagt?«

Die Kommissarin nickte.

»Mich rief eine Martha Sander heute Morgen an, die mir einen Vortrag über die Funktion und Historie von Masken hielt und sagte, dass sie jemanden kennen würde, der auf Volksfesten mit einer Petermännchenmaske herumlaufen würde. Quasi als Clown für die Massen.«

»Seine Mutter etwa?«, fragte Eva. »Die weiß, was ihr Sohn treibt, und die anrief, weil sie ein schlechtes Gewissen hat? Aber liefert eine Mutter ihren eigenen Sohn ans Messer?«

»Das haben die Eltern des Mörders von Mohamed und Elias auch getan«, sagte Kielmann ungeduldig. »Ich habe heute Morgen einen Beamten vor ihre Haustür beordert, weil ich das Gefühl hatte, dass sie zu viel über die Maskenthematik wusste. Irgendwie ein Bauchgefühl.«

»Kenne ich. Deine Lehrerin von einst hinterließ bei mir auch den Eindruck, nicht ganz aufrichtig gewesen zu sein.«

»Was sie über unser Trio von einst sagte, stimmt aber«, sagte

Kielmann kleinlaut. »Wir waren die schlimmsten Tyrannen, die man sich vorstellen kann. Und ich habe es bitter bereut.«

»Wir müssen …«, unterbrach ihn die Kommissarin, »erst zur Mutter, denn sie weiß sicher, wo ihr Sohn wohnt, parallel dazu eine Abfrage im Melde- und Geburtenregister starten. Dazu eine Handy- und Computerortung. Hat dein Sohn einen Rechner?«

Kielmann nickte schwach.

»Abholen und auswerten. Hat er ein Handy?«

»Leider nicht«, murmelte er. Binnen weniger Sekunden hatte sich sein Gemütszustand dramatisch verändert. Er wirkte jetzt wie paralysiert.

»Das ist nicht gut. Kinder brauchen in der Pubertät ein Handy. Muss ja kein Internet drauf sein.« Die Kommissarin durchströmte für einen kurzen Augenblick der innige Wunsch, selbst ein Kind zu haben. Die vergangenen Tage und die Ermittlungen lösten in ihr Gefühle aus, die ihr in dieser Intensität noch nicht begegnet waren. Sie hatte auf einmal den Drang, bei einem eigenen Kind alles richtiger zu machen, als es offensichtlich jenen gelungen war, die nun selbst, als Väter, Kinder an jemanden verloren, den sie zum Opfer gemacht hatten.

Sie zog ihren Kollegen mit sich, der sich nicht dagegen wehrte. Auf dem kurzen Weg zu Kielmanns Wohnung verteilte sie die Ermittlungsarbeit an die Beamten des Soko-Teams via Handy.

»Sagen wir es meiner Frau?«, fragte Kielmann, als sie vor dessen Haustür standen.

»Beweist sich eine gute Ehe nicht gerade in Zeiten, wo es nicht gut läuft? Also los … gehen wir rein …« Die Kommissarin schob ihren Kollegen durch die Tür, doch plötzlich verharrte sie. »Toni? Bist du sicher, das alles weiter durchzustehen? Auch auf die Gefahr hin, dass wir Jan nicht mehr lebend antreffen? Oder soll ich dich aus dem Fall rausziehen?«

Kielmann überlegte kurz. »Nein, ich will dabei sein, wenn du ihn stellst.«

Die Kommissarin spürte, dass das Dominanzgehabe ihres Kollegen schlagartig verschwunden war.

Sie schritten durch die Tür. Claudia Kielmann blickte sie überrascht an.

5

Am Schwarzen Busch, 12.30 Uhr

Die Hütte, die vielleicht mal als besserer Bretterverschlag für einen Jäger gedient haben könnte, lag gut versteckt und für Spaziergänger kaum sichtbar am Rand eines weitläufigen Ackers, weil sie schon beinahe vollständig von einem an das Feld angrenzendem Waldstück verschluckt wurde. Einzig zwei Fenster und die Eingangstür gingen auf eine kleine Lichtung hinaus, auf der sich wuchernder Wildweizen breitzumachen begann. Durch dichtes Gestrüpp gelangte man nach nur wenigen Metern an den Ostseestrand, der hier wilde Bilder bot: Steine, so groß wie halbe Schweine, ragten mit ihren Köpfen wie winzige Inseln aus dem Wasser oder schufen am Ufer eine Landschaft wie an der rauen Küste des Atlantiks.

Der Holzverhau bot nicht viel Platz, doch er hatte eine Besonderheit: Es gab eine Art Keller, der sogar von innen mit besonders dicken Bohlen gegen den feuchten Untergrund geschützt war. Theo Sander brauchte nicht viel Platz. Er hatte den oberen Raum in der Mitte mit einer Stellwand aus Brettern geteilt, hatte sich in einen der so entstandenen zwei Räume ein Bett aus Holz gebaut und sich für den anderen Raum einen Tisch und einen Stuhl zusammengezimmert. Er hatte zwei alte Teppiche auf die alten Holzfußböden gelegt und an das bereits vorhandene Ofenrohr einen Werkstattofen angeschlossen. Als Küche diente ihm eine Anrichte, auf der ein Toaster, ein Wasserkocher und ein mobiler Grillofen standen.

Im Keller waren mannshohe Regale an den Wänden angebracht, vor denen sich eine Leiter befand, die er auf einer Leiste hin- und herschieben konnte. In der Mitte des fensterlosen Raumes stand ein Arbeitstisch, wie ihn Tapezierer benutzen. Eine zerschlissene Liege war das einzige bequeme Möbel in dem dunklen Raum.

Auf ihr lag Jan Kielmann mit leicht verdrehten Beinen, die Arme unter dem Kopf, vollständig bekleidet, aber noch völlig benommen von der Flüssigkeit, die ihm Sander in die Cola geschüttet hatte. Sander war gerade dabei, in einem schmalen, hundert Milliliter fassenden Reagenzglas eine neue Mischung herzustellen. Er tauchte seinen Finger hinein und leckte ihn ab. Es schmeckte nach nichts anderem als nach Cola. Sander wusste, was er tat. Als Chemielaborant kannte er sich in der Welt der Elementarteilchen, der Rohstoffe, der Substanzen und der Experimente aus. Er wusste, wie die Inhaltsstoffe von Arzneimitteln wirkten, wie man Kunststoffe, Pflanzenschutzmittel oder Pigmente für Farben herstellte.

Und wenn er zu seiner Arbeit bei einem Wismarer Serviceunternehmen fuhr, das sich mit Produktprüfungen, Inspektionen und Zertifizierungen von Konsumgütern beschäftigte, dann nahm er sein altes Motorrad, dessen Geknatter hier, im Schwarzen Busch, jeder kannte. Es war den Menschen so vertraut, dass sie schon gar nicht mehr zu bemerken schienen, wenn der kleine Mann durch die Ortschaft in Richtung Wismar bollerte.

Sander schob den Kopf des Jungen weit nach hinten. Mit Zeigefinger und Daumen seiner linken Hand drückte er auf dessen Kiefer, bis die Spannung aus den Kaumuskeln erschlaffte und sich die Zahnreihen öffneten. Eine Gegenwehr war von seinem Opfer nicht zu erwarten. Das Betäubungsmittel, das eine hohe Dosis Gamma-Hydroxybuttersäure enthielt, sorgte dafür, dass Jans motorische Fähigkeiten praktisch abgeschaltet waren und er sich in einem narkoseähnlichen Tiefschlaf befand, so, wie ihn K.o.-Tropfen erzeugen. Langsam, aber stetig träufelte Sander ihm über einen handelsüblichen Trichter die Flüssigkeit in den Mund. Sie gelangte, aufgrund des fehlenden Schluckreflexes, nur sehr langsam durch die Speiseröhre in den Magen.

Als das Reagenzglas leer war, legte er den Kopf des Jungen zurück in die vorherige Position. Anschließend zog er ihm den Kapuzenpullover und das darunter befindliche T-Shirt über den Kopf, machte sich dann an seinen Schuhen und Strümpfen zu schaffen und rollte ihm schließlich die Jeans von den Beinen. Penibel faltete Sander die Kleidung des Jungen zusammen und baute daraus einen kleinen Stapel, den er neben die Liege auf den Holzfußboden legte.

Er wusch sich die Hände.

Der Dreizehnjährige lag jetzt, bis auf seine Boxershorts, unbekleidet vor ihm. Sanders Augen wanderten unablässig über den noch sehr schmächtigen Jungenkörper. Er stieg über eine schmale Leiter in den oberen Raum und versuchte den Werkstattofen mit ein paar Scheiten Holz anzufeuern. Es misslang ihm, er fluchte, das Holz war noch feucht. Mit viel Mühe gelang es ihm, doch noch den Ofen anzuheizen, aber er bemerkte nicht, wie dunkel der Rauch war, der aus dem Schornstein quoll und zwischen den Bäumen langsam in die Wipfel kroch.

Über ein Rohrsystem breitete sich langsam wohlige Wärme aus. Sander entledigte sich ebenfalls seiner Kleidung, legte sich, auch nur noch in Unterhosen, neben den Jungen auf die Liege und schob sich beinahe bis auf Hautkontakt an ihn heran. Doch er berührte ihn nicht. Vielmehr sog er jetzt dessen Geruch ein, der ihn an seine eigene Kindheit erinnerte und in ihm Gefühle einer starken inneren Verbindung zu dem Jungen hervorrief. Sander war nur wenige Millimeter größer als sein Opfer, das weiter reglos neben ihm lag.

Er schloss die Augen. Er dachte an seine Mutter, die ihn am Vortag angerufen und gefragt hatte, ob er etwas mit dem Verschwinden von zwei Kindern zu tun hatte. »Wie kommst du in dem Zusammenhang denn auf mich?«, hatte er sie mit unschuldiger Stimme gefragt. »Weil der Täter Masken benutzt, die ich dir früher so oder so ähnlich zum Spielen aus der Theaterwerkstatt mitgebracht habe. Sie haben sie im Fernsehen gezeigt und in den Zeitungen abgedruckt.« Ein scharfer Schreck war durch ihn gefahren. Daran hatte er sich nicht mehr erinnert. Die Masken, die er benutzte, hatte er gemeinsam mit einer alten Freundin entworfen. »Wo bist du denn jetzt?«, hatte sie ihn gefragt. »Wo wohnst du überhaupt neuerdings? Willst du mir etwas sagen? Soll ich vorbeikommen?«

Für seinen Geschmack spielte sie bei ihrem Verdacht, dass er etwas mit dem Verschwinden der beiden Kinder zu tun haben könnte, ihre Rolle als sorgenvolle Mutter viel zu cool. Warum regte sie sich nicht auf? Warum weinte sie nicht oder jammerte? Und warum nahm sie ihm nicht ab, wenn er diesen Verdacht zurückwies? Sollte sie ihm nicht den Frieden gönnen, den er empfand, wenn er sich an seinen einstigen Peinigern rächte? War sie überhaupt noch auf seiner Seite? Würde sie sogar vielleicht zur Polizei rennen und ihren Verdacht dort vortragen? Er musste handeln, und zwar schnell.

»Nein, ich komme besser zu dir. Du wohnst doch noch in Wismar, oder?«, hatte er sie hingehalten. »Ja, sicher. Wann kommst du?«, hatte sie geantwortet. »Morgen, sehr früh. Ich habe später am Vormittag noch einen Termin.« Er musste unbedingt zurück sein, wenn Jan mit dem Fußballspielen begann, dachte er. Und danach würde er ihn mitnehmen und sein Werk vollenden.

Sander öffnete die Augen. Er blickte auf das Gesicht des schlafenden Jungen neben sich. Deutlich sichtbar war der blonde Flaum auf dessen Oberlippe. Sein Blick wanderte über dessen Brust, die sehr feinen Härchen, und blieb bei den Shorts hängen. Sie war von vielen kleinen Sitzfalten durchzogen. Er dachte an die Worte Jans im Chat. An seine kurze Bemerkung über das, was ihm dessen körperliche Entwicklung bereits bot. Er fragte sich, ob er es wagen sollte, nachzusehen, wie weit die Natur wohl bei ihm war. Er konnte seine Neugier nicht zügeln. Mit einem Finger hob er den Bund der Shorts an. Die Männlichkeit Jans lag friedlich und gänzlich unschuldig auf dessen rechtem Schenkel, umkränzt von dichtem dunklen Haar. Währenddessen atmete der Junge tief und gleichmäßig, blieb aber sonst völlig reglos und war nicht ansprechbar.

Theo Sander schloss wieder die Augen. Seine Gedanken reisten erneut zu seiner Mutter, zu der er heute früh mit seinem Motorrad aufgebrochen war. Im Rucksack ein Fläschchen einer anderen Flüssigkeit, eine Mullkompresse und zwei Paar Latexhandschuhe. Es waren knapp acht Kilometer von Tür zu Tür, mehr als fünfzehn Minuten hatte er nicht gebraucht. Ihm standen jetzt die Geschehnisse so direkt vor Augen, als würde er sie noch einmal erleben.

6

Martha Sander wohnte im schönsten Teil Wismars, in der »Frischen Grube« am Wismarer Ziegenmarkt. Ein schmaler Kanal, in dem der Mühlenbach entlangfloss, teilte die mit Katzenköpfen gepflasterte Straße in zwei Hälften. Links und rechts reihten sich uralte Hansehäuser, die manchmal zwei, manchmal auch drei Stockwerke hoch waren und allesamt rotleuchtende Spitzdächer trugen. Martha Sanders Haus war drei Stockwerke hoch und von außen wie von innen liebevoll saniert. Sie bewohnte zwei Zimmer, ein Bad, eine Küche. Einen Balkon gab es nicht, dafür aber lichte hohe Fenster, aus denen sie auf das schmale Gewässer schauen konnte. Ihr Mann starb früh und ihr Sohn ging allein seiner Wege, nachdem er nach der zehnten Klasse die Schule verlassen und eine Lehre als Chemielaborant in Schwerin begonnen hatte. Das war nun zwanzig Jahre her.

Mehr als ihr Bett, ihre alte Kommode für Papiere, Briefe und Schmuck, einen Kleiderschrank, einen lachsfarbenen Teppich, einen flachen Couchtisch und die zwei schweren Ohrensessel aus schwarzem Leder hatte Theos Mutter nicht in ihrer Wohnung stehen. Die Küche war bereits eingebaut gewesen und das Schlafzimmer viel zu klein für mehr Möbel als ihr Bett. Sie saß in einem ihrer gemütlichen Sessel, hatte die Füße auf eine Ottomane gelegt und las einen Band mit Kurzgeschichten von Patricia Highsmith. Klaviersonaten von Beethoven perlten leise durch den Raum.

Das Angebot ihrer Schwester, nach Rostock, ihrer alten Wirkungsstätte als Kostümbildnerin, zu gehen und mit ihr gemeinsam alt zu werden, hatte sie ausgeschlagen. Hier war ihre Heimat, hier wollte sie in Ruhe leben und vor allem in Ruhe allein gelassen werden. Außerdem war ihre Rente gut, und die Dankbarkeit der Kinder, denen sie als »Lese-Oma« Geschichten vorlas oder die sie in den Zoo oder auf Volksfeste begleitete, war groß, herzlich und ehrlich. Martha Sander war vor wenigen Wochen achtundsechzig Jahre alt geworden.

Es klopfte an ihrer Wohnungstür. Es war noch sehr früh am Morgen und sie hatte bis auf ein schmales Frühstück noch nichts gegessen. Dementsprechend flau fühlte sich ihr Magen an, auch ihr Blutdruck war nicht gerade flott.

»Komm herein«, sagte sie freundlich.

Vor ihr stand ein Mann mit halber Glatze, mit der Figur eines Kindes, leicht gebeugt von verwachsenen Sehnen und Knorpeln, etwas untersetzt, an den Schläfen grau. Er trug eine schwarze Lederkluft, unter dem Arm einen Helm und auf dem Rücken einen Rucksack.

»Lange nicht gesehen, mein Sohn«, sagte Martha Sander in einem leicht vorwurfsvollen Ton.

Theo zeigte ihr ein gewinnendes Lächeln. Er schritt auf sie zu und umarmte sie.

»Uuh, erdrück mich nicht«, quetschte sie heraus. »Meine Haare sehen aus …«

»Kein Problem, Mutter. Darf ich mich setzen?«

Sie wies mit der Hand auf den zweiten Ohrensessel.

»Gib mir mal die Fernbedienung«, bat sie ihn.

Er reichte sie ihr. Sie drückte auf einen Knopf. Die Klaviersonaten von Beethoven erloschen.

»Lass uns gleich zur Sache kommen«, sagte er in ernstem Ton. »Ich habe nicht viel Zeit. Wieso beschuldigst du mich zweier Taten, die ich nicht begangen habe? Traust du mir wirklich zu, zwei Kinder umzubringen?« Seine Stimme hatte jetzt einen leicht hysterischen Tonfall.

Seine Mutter blickte ihn durchdringend an. »Es ist jetzt zwanzig Jahre her, dass du mit sehr viel Hass und Rachegefühlen die Schule verlassen hast«, sagte sie. »Vielleicht wusstest du als Sechzehnjähriger noch nicht genau, was das Wort Rache wirklich bedeutet, wie und auf welche Weise du vergelten wolltest, was die drei dir angetan haben. Du hast mir aber damals gesagt, dass es ihnen weh tun sollte. So, wie es dir weh getan hat. Vielleicht waren es noch sehr unausgegorene Gefühle, aber ich wette, sie reiften. Tag für Tag, Woche für Woche, Monat für Monat, Jahr für Jahr.«

Theo Sander hatte sich keinen Millimeter auf seinem Sessel bewegt. Er sagte nichts, suchte aber die Augen seiner Mutter.

»Erinnerst du dich noch an damals? Du bist in die Welt der Gnome und Hexen, Teufel und bösen Geister geflüchtet, die in Sagen und Geschichten ihr Unwesen treiben. Du hast mir die Geschichte von dem weiblichen Kobold Moort vorgelesen, die auf Poel durch Schlüssellöcher schlüpft und sich zu den Männern ins Bett legt. Wieder und wieder hast du ihre Geschichte gelesen, in der sie sogar Kinder gebiert, aber alsbald wieder durchs Schlüsselloch in die Freiheit verschwindet. Und so bist du auch auf das Petermännchen im Schweriner Schloss gestoßen. Der kleinwüchsige Kobold, der schlafende Soldaten weckt und allerlei Schabernack mit den Schlossbewohnern treibt.« Martha sah ihrem Sohn an, wie sehr es gerade in ihm arbeitete. »Stimmt doch, dass dir das Petermännchen damals besonders gut gefallen hat, oder?« Sie wartete, dass er etwas sagte, aber er blinzelte sie nur an. »Das Maskottchen der Herrschenden aus dem siebzehnten Jahrhundert, das angeblich gute Männchen, das des Nachts Mägde und Knechte, Fürstinnen und Fürsten das Grausen lehrt. Der Kobold, der wie eine Ratte auf der Suche nach Futter das Schloss auf der Suche nach Menschen durchkämmt, mit denen er seinen Schabernack treiben kann, sich ihrer Träume bemächtigt, sie zu Tode erschreckt. Und warum das alles?« Sie schwieg wieder.

»Weil er erlöst werden wollte«, sagte Theo jetzt.

»Nicht nur er. Du wohl auch«, sagte sie. »Du bist etwa ab dem dreizehnten Lebensjahr nicht mehr gewachsen, bist klein geblieben. Du warst quasi eine Störung der Natur. Deine Knochen und Knorpel, Gelenke und Sehnen verkümmerten, verkrümmten sich und formten dich zu einem Menschen, dessen äußeres Bild nicht in die Norm der anderen passte. Dabei warst du nur einer von den Hunderttausend in Deutschland, die nicht größer als einen Meter vierzig werden. Du erschienst dennoch deiner Umwelt als Freak, fühltest dich auch so. Aber geliebt habe ich dich immer, egal, was mit dir war oder werden würde.«

Trotz des versöhnlichen Abschlusses war Theo aufgesprungen. »Es reicht!«, schrie er sie an. »Denkst du etwa, ich habe es mir damals leicht gemacht? Ich hätte das Format gehabt, ein gutes Abitur zu machen. Aber meine Furcht vor diesen Dreckskerlen und mein Hass waren so groß, dass ich aus dieser Welt nur noch fliehen wollte. Ich habe mich irgendwann selbst nur als die Störung empfunden, von der du gerade gesprochen hast!«

»Ja, du wolltest weg von jenen, die in jungen Jahren taten, was Erwachsene auch gern tun: Schwache treten, um sich selbst zu erhöhen.«

Theo glotzte sie an.

»Und nun erhöhst du dich selbst, indem du die Kinder deiner einstigen Peiniger tötest. Du rächst dich nicht an Stefan, Maik und Toni. Du rächst dich an den Schwachen. Und das sind deren Kinder. Du hättest besser daran getan, deine alten Schulkameraden zur Rede zu stellen, eine Entschuldigung einzufordern.« Martha Sander blickte sinnierend aus dem Fenster. Sie bemerkte nicht, dass Theo in seinen Rucksack gegriffen hatte und etwas in der Hand hielt. Während sie weiter auf die hübschen Häuser und die schöne Straße mit dem Bach in der Mitte blickte, sagte sie mit fester Stimme: »Ich denke, du schiebst deine Kleinwüchsigkeit und deinen Hass auf Geschehnisse von vor mehr als zwanzig Jahren nur vor. Ich glaube vielmehr, du hast eine gestörte Sexualität, du bist irgendwo in deiner Kindheit stehen geblieben. Sieh dich an! Keine Freundin, keine Beziehung. Also vergreifst du dich an Kindern. Wer weiß, was du mit ihnen getrieben hast. Außerdem bist du nur ein mäßiger Chemiker und verkriechst dich in irgendeinem Loch, das ich noch nicht einmal kenne. Und all diese Anlagen haben dich zu einem Kindermörder gemacht ...« Sie wandte sich wieder zu ihm um und blickte in hasserfüllte Augen.

»Und nun? Verpfeifst du mich an die Bullen? Deinen eigenen Sohn?« Theo Sanders Stimme bebte. Ohne ihre Antwort abzuwarten, stürzte er sich auf sie, packte ihren Haarschopf, riss ihren Kopf zurück und presste ihr mit aller Kraft eine Mullplatte, tief getränkt mit Chloroform, auf Mund und Nase.

Es dauerte nur kurz, bis sie in sich zusammensackte. Er streifte sich die Latexhandschuhe über, stellte den Timer an seiner Uhr auf zwei Minuten ein, packte nach ihrer Kehle wie ein Raubtier bei seiner Beute und drückte fest zu. Er lockerte erst seinen Griff, als der Timer fiepte. Seine Mutter kippte aus dem Sessel mit dem Kopf voran auf den Boden.

Theo Sander säuberte den Raum von möglichen Spuren und verließ die Wohnung. Unten auf der Straße stieg er auf sein Motorrad und fuhr zurück auf die Insel. Nur kurze Zeit später rollte ein Streifenwagen an und bezog Posten vor dem Haus von Martha Sander. Da war die Uhr auf kurz nach neun vorgerückt.

Theo Sander schaffte es rechtzeitig, Jan beim Fußballspielen zu beobachten, um ihm nach dem Sportunterricht sagen zu können, wie gut er im Tor gewesen sei. Zwar konnte ihn der Junge nicht entdecken, weil er sich ihre Bolzerei durch ein Fernglas aus sicherer Entfernung anschaute. Aber Sander konnte deutlich die Ähnlichkeit des Torwarts mit dessen Vater Toni erkennen.

Als er dann mit seinem Motorrad vorgefahren kam, es abstellte und in seiner Montur mit geschlossenem Helm auf den Jungen zuging und sagte: »Ich bin Julian. Wollen wir eine Runde crossen?« – da lachte Jan und sagte:

»Du siehst ganz schön cool aus. Wie der Teufel persönlich. Fehlen auf deinem schwarzen Helm nur noch die roten Hörner. Willst du das Ding nicht mal abnehmen?«

Er klappte nur kurz das Visier hoch, und so sah Jan die Gesichtshaut, die Sander sich zuvor mit glatten Silikonpads überklebt hatte. Zugleich drängte der Mann, der sich als Julian im Chat vorgestellt hatte, den Jungen dazu, schnell den Sportplatz zu verlassen. Ihm war aufgefallen, wie neugierig Jans Klassenkameraden die Szene beobachteten.

»Wir haben ja nur eine Stunde«, sagte er und knuffte den sehr viel Jüngeren in die Seite.

»Stimmt«, antwortete der.

»Du bist nach dem Sport bestimmt durstig, oder? Hier ist kalte Cola.«

Der Junge nahm sie gierig. Sander wusste, dass das in der Cola enthaltene Narkotikum sehr schnell wirken würde. Mit den Worten: »Dann mal rauf auf den Bock«, forderte er Jan auf, aufs Motorrad zu steigen.

»Wohin wollen wir denn?«

»An den Strand.«

»Cool.«

»Halt dich ganz doll fest an mir«, sagte Sander durch seinen Helm, »wir brauchen nur zwei Minuten.«

Als sie an Sanders Hütte eintrafen, konnte sich der Junge nicht mehr auf den Beinen halten. Obwohl er kaum größer war als sein narkotisiertes Opfer, griff Sander sich den Sohn des Kommissars und trug ihn in seinen zur Wohnung umgebauten Holzverhau. Doch davon bekam der Junge kaum noch etwas mit, geschweige denn, dass er sich dagegen wehrte.

7

Schwerin, Kommissariat, am frühen Nachmittag

»Wir haben da was«, rief einer der Beamten der Soko »Kind« den beiden Oberkommissaren zu, die mit der Pressedame des Präsidiums an einer Pressemitteilung tüftelten, welche die Menschen nicht verunsichern, aber eine eindeutige Botschaft an den Täter enthalten sollte. Indes klopfte der Beamte, der seit kurz nach neun vor dem Haus von Martha Sander in Wismar Stellung bezogen hatte, zum wiederholten Male vergeblich an ihrer Wohnungstür.

»Sie macht nicht auf«, schnarrte es aus einem Lautsprecher, der dessen Funksprüche übertrug. »Entweder ist sie nicht zu Haus oder sie verschanzt sich.«

Die Kommissarin griff sich ein Funkgerät und sagte: »Setzen Sie sich wieder in Ihren Streifenwagen und beobachten Sie weiter die Haustür. Wenn nötig, gehen wir heute noch rein und sehen uns dort mal um. Ich frage mal den Amtsrichter.«

Die beiden Kommissare eilten zu dem Mann, der soeben verkündet hatte, dass er beim Durchsuchen von Jans Computer auf etwas gestoßen sei. Er war ein IT-Spezialist, wie er im Buche stand. Brille, Vollbart, etwas rundlich, lebendige Augen, immer auf der Suche nach einem Burger, der schnelle Befriedigung versprach, aber nie vollends befriedigte. Neben ihm auf dem Schreibtisch lag dann auch ein kleiner Karton mit der Aufschrift einer populären Fastfoodkette.

»Ihr Sohn«, sagte er zu Kielmann, »hat sich in einem Videochat freiwillig mit einem Menschen verabredet, der sich ›Julian‹ nennt. Soll ich Ihnen die Datei vorspielen?« Der IT-Mann grinste auffällig abgründig.

»Worum geht's da?«, fragte Kielmann leicht verunsichert.

»Sex mit einem Mann«, antwortete sein Gegenüber trocken.

»Oh, mein Gott«, entfuhr es Kielmann.

»Du wirst es überleben, aber dein Sohn vielleicht nicht«, sagte Eva Lindenthal nur. »Wie sieht er aus?«

»So.« Der Mann rief eine Bilddatei auf, ein Screenshot des Videos.

»Man erkennt ihn kaum«, sagte Kielmann verärgert.

»Noch nicht«, sagte der Beamte. »Ich werde ihn etwas bearbeiten. Es sieht so aus, als habe er sein Gesicht absichtlich versteckt. Aber ich kann die Schatten rausnehmen und den Unbekannten ans Licht zerren.«

»Tun Sie das und möglichst schnell«, sagte Kielmann. »Und ersparen Sie mir weitere Details aus dem Chat.«

»Es ist nicht so schlimm, wie Sie glauben«, erhielt er zur Antwort. »Ihr Sohn hat nur onaniert.«

Kielmann blickte ihn böse an.

»Außerdem«, sprach der IT-Mann unbeirrt weiter, »weiß er gar nicht, ob er auf Männer steht. Er ist noch unentschieden.«

»Ich muss wohl mal mit ihm …«

»Du musst gar nichts«, unterbrach ihn Eva. »Du musst ihn sich entwickeln lassen.«

Das Funkgerät schnarrte. Der Polizist, der vor Martha Sanders Haus in Wismar stand, meldete sich.

»Sie ist tot«, sagte er. »Eine Nachbarin kam eben schreiend aus dem Haus gerannt und rief nach der Polizei. Martha Sander war nicht zum verabredeten Mittagessen erschienen, und da die Frau einen Schlüssel zu der Wohnung hat, wollte sie nachsehen, was los ist. Sie hat sie gefunden. Offenbar erwürgt. Die Nachbarin erzählte etwas von blauem Hals.«

»Bleiben Sie vor Ort, ich schicke die Kollegen von der Spurensicherung. Ende.«

Die Kommissare blickten sich einige Sekunden lang an.

»Was machen wir jetzt?«, fragte Kielmann. Er klang eher verzweifelt als entschlossen.

»Sie«, wandte Eva Lindenthal sich an den IT-Spezialisten, »stellen uns ein lupenreines Fahndungsfoto von diesem Julian alias Theo Sander her und geben es an die Pressestelle des Präsidiums weiter. Und wir«, umlief sie jetzt den Kommissar wie ein noch unentschlossener Hund seinen Fressnapf, »wir müssen den Ort umkreisen, aus dem Jan verschwunden ...« Plötzlich hielt sie inne. »Ich Idiotin!«, rief sie in den Raum.

Ihr Team und Kielmann blickten sie erstaunt an.

»Das Motorrad! Sein Motorrad knattert! Der Schüler hat heute Morgen gesagt, es hätte geknattert.«

»Und?«, fragte der Kommissar beinahe ungehalten.

»Er ist an meinem Fenster vorbeigefahren. Am Schwarzen Busch. Als ich mit der Schulsekretärin telefonierte. Wir müssen nach Poel. Sicher kennen die Leute den Typen, wenn er so eine Höllenmaschine fährt.«

»Und was mache ich?«, fragte die Pressedame schüchtern. Sie war bisher sehr selten bei solcherart Teambesprechungen dabei gewesen.

»Sie machen Ihren Job«, sagte die Kommissarin knapp. »Los, Toni, wir fahren!« Sie wagte nicht auszusprechen, was sie dachte: Der Junge des Kommissars lebte vielleicht gar nicht mehr. Vor ihnen lagen vierzig Minuten Autofahrt.

8

»Wo bin ich?«, fragte Jan. Er richtete sich mühsam auf. Er hatte schlimme Kopfschmerzen, sein Mund und Rachen waren trocken, sein Magen drückte und er zitterte am ganzen Körper. Er versuchte seine Augen scharf zu stellen, doch es gelang ihm nicht. Er sah nur weißen Nebel und den Umriss eines Menschen, der dicht vor ihm an der Liege saß, auf der er bis eben noch gelegen hatte.

»Du bist bei mir. Ich bin Julian. Und du hast geschlafen«, hörte er eine Stimme, die er kannte. »Es ist alles in Ordnung.«

Jan richtete sich vollends auf. »Wo sind meine Klamotten?«

»Ich habe sie dir ausgezogen, weil du stark geschwitzt hast. Ich habe ordentlich eingeheizt, denn die Tage sind noch kalt.«

»Haben wir zusammen gerubbelt? Ich kann mich an nichts erinnern.«

»Nein, haben wir nicht.«

»Warum nicht? Deshalb hast du mich doch abgeholt. Und warum habe ich dann keine Kleidung an?«

»Das hast du schon einmal gefragt.«

»Kann sein. Wo bist du? Ich sehe dich nicht. Ich will mein T-Shirt, meine Hose, meine Strümpfe und meine Schuhe.«

Sander griff nach Jans Kleidern und reichte sie ihm.

»Du bist ja nicht größer als ich«, stellte Jan überrascht fest. »Außerdem siehst du ganz anders aus. Wie alt bist du?« Flugs schlüpfte er in seine Kleidung. Langsam wurde sein Blick klarer, die Konturen schärfer. Seine Stimme aber war noch heiser. »Wer bist du? Du bist nicht Julian. Ich kenne dich nicht. Du bist ein alter Mann. Ich will hier sofort weg.« Er sprang auf.

Theo Sander stürzte sich auf ihn und drückte ihn mit aller Kraft auf die Liege. Jan begann zu strampeln. Sander schlug ihm mit der flachen Hand ins Gesicht. Jan kippte zur Seite.

»Du bist meine Lebensversicherung«, knurrte Sander ihn böse an. »Bleib jetzt ruhig. Falls du schreien solltest, dann töte ich dich. Falls du fliehen solltest, dann fange ich dich und töte dich auch. Also bleib, wo du bist.«

Jan schwieg und bewegte sich nicht vom Fleck. Es waren zu viele Informationen auf einmal für ihn gewesen.

»Klingt abgefahren«, sagte er fast anerkennend. Aber dann fordernd: »Ich habe Durst. Hast du was zu trinken?«

Sander griff hinter sich. Eine Flasche Cola. Jan trank in gierigen Zügen.

»Tut gut«, sagte er, um dann in einem kurzen Moment der Orientierung anzufügen: »Du bist also Julian, aber bist es doch nicht, oder wie? Ich sehe nicht mehr durch. Und warum bist du so klein und so alt? Und warum hast du im Chat anders ausgesehen?«

»Das wird dich alles gleich sowieso nicht mehr interessieren«, erhielt er zur Antwort.

»Warum sagst du das?«, fragte Jan alarmiert.

»Weil du gleich wieder schlafen wirst.«

Jan spürte eine aufsteigende Lähmung seines Körpers. Er wollte etwas erwidern, aber er brachte keinen Ton heraus. Wie eine Stahlfeder unter Last kippte er fast vornüber, richtete sich aber wieder auf. Schließlich fiel er auf die Seite, schwer wie ein Stein.

Sein Entführer griff nach Jans Beinen und hob sie wieder auf die Liege. Er schob mit Daumen und Zeigefinger die eine und dann die andere Augenbraue des Jungen nach oben an die Stirn, bis die Pupillen zu sehen waren. Der teilnahmslose Blick eines narkotisierten Menschen. Er war zufrieden.

Er löschte das Kellerlicht und begab sich über die Treppe in den oberen Raum, griff nach seinem Handy und tippte auf eine Nummer.

»Hast du sie abgeschickt?«, fragte er, als jemand am anderen Ende der Leitung abnahm.

»Ja, war ganz einfach. Das Faxgerät in der Bibliothek arbeitet zuverlässig.«

»Danke, dass du extra dafür nach Wismar gefahren bist«, sagte er.

»Das habe ich gerne gemacht. Wenn es nur dir dabei gut geht. Ist der Junge wohlauf?«

»Ich habe ihn nochmals sediert. Ich muss aber aufpassen. Er ist noch sehr jung. Und die GHB ist stark. Ich habe die Säure schon verdünnt.«

»Aber du kennst dich ja aus«, sagte die Stimme am anderen Ende.

»Einmal Chemiker, immer Chemiker«, sagte Sander und lachte heiser.

»Was machen wir, wenn sie nicht drauf eingehen oder uns mit einer bewaffneten Armada erwarten?«

»Dann werde ich mich zu wehren wissen.«

»Und hast du dich auch darauf vorbereitet, dass sie dir auf die Spur kommen und vorher bei dir auftauchen könnten?«

»Ja«, sagte Sander. »Ich habe mich vorbereitet.«

»Wann setzt du ihm meine neue Maske auf?«, fragte die Stimme am anderen Ende mit Neugier.

»Sobald er aus seinem Trip wieder erwacht. Das dürfte aber noch mindestens vier Stunden dauern. Und dann ziehe ich mit ihm um. Ist das Quartier bereit?«

»Alles vorbereitet.«

»Wenn ich dich nicht gehabt hätte …«, säuselte Sander in den Hörer.

»Aber du hast mich«, antwortete die Stimme. »Viel Glück, Theo. Und vergiss meinen Anteil nicht.«

»Wie könnte ich?«, fragte er zurück. Dann beendete er das Gespräch.

9

Kaum waren die beiden Oberkommissare in einem von der Bundespolizei ausgeliehenen Land Rover in Richtung Poel aufgebrochen, als das Faxgerät im Raum der Soko ein Blatt Papier ausspuckte. Der IT-Mann saß dem Gerät am nächsten, fischte es aus dem Papierauswurf und las. Eine Allerwelts-Computerschrift.

»Wir haben eine Lösegeldforderung«, rief er seinen Kollegen zu, die weiter Spuren auswerteten oder aber Informationen von Kollegen, die das Gelände um Kirchdorf einkreisten, Fotos machten und sie auf die Handys der Kommissare sandten.

»Gott sei Dank«, sagte einer aus dem Team, »dann lebt er noch.« Er war schon etwas ergraut.

»Was verlangt er?«, rief ein eher dicklicher Beamter, dem Schweißperlen auf der Stirn standen.

»Fünfhunderttausend Euro und … eine Behandlung in den USA«, las der Informatiker vor.

»Weiß er nicht, dass eine Therapie nur im Kindesalter Sinn macht?«, fragte eine Beamtin. Sie war selbst Mutter zweier Kinder.

»Er ist ein Freak«, sagte der dickliche Beamte mit dem Schweiß auf der Stirn. »Durchgeknallt und krank.«

»Und verzweifelt und geplagt von sich selbst«, meinte die Polizistin.

»Er will das Geld bis morgen Abend, achtzehn Uhr, sonst tötet er Jan Kielmann«, ging der IT-Beamte das Fax weiter durch. »Die Übergabe soll … o Mann … am Ufer des Schweriner Sees, am Ramper Moor stattfinden.«

»Na, das hat er sich ja klasse ausgedacht. Das können wir ja unentdeckt gar nicht absichern«, sagte der Ergraute.

»Von der Seeseite geht's«, sagte der Dickliche.

»Im Modder kann sich ein Kommando einbuddeln«, sagte die Beamtin mit den zwei Kindern.

»Ich gebe das mal weiter und checke dann den Absender. Eine Faxnummer steht natürlich nicht drauf.«

»Na, so blöd wird er nicht sein«, sagte der Ergraute.

Der IT-Spezialist wählte die Nummer von Eva Lindenthal. Die Kommissarin würde schon wissen, wie sie mit dieser Information umzugehen hat.

Die beiden Kommissare waren kurz vor Wismar, als Lindenthals Handy klingelte.

»Ja, Karl?« Sie lauschte in den Hörer.

»Wir haben eine Erpressung«, berichtete er ihr. »Lösegeldforderung und Übergabeort. Ramper Moor.«

Eva Lindenthal warf Kielmann einen gehetzten Blick zu, wandte sich aber schnell wieder von ihm ab. Der spielte wie immer, wenn er nicht selbst fuhr, mit seiner Waffe. Eine Heckler & Koch, Kaliber 9 Millimeter. Sie hatte ihre Waffe in Schwerin gelassen. Sie war der Ansicht, dass es nur in den seltensten Fällen nötig war, eine Entscheidung mit Waffengewalt herbeizuführen, auch wenn es amerikanische Serien anders suggerierten. Sie war keine Terroristenjägerin, sie spürte Kriminelle auf.

»Senden Sie mir das Fax weiter auf meine E-Mail. Ich sehe es mir an, dann entscheiden wir, wie wir vorgehen.«

»Würden wir denn zahlen?«, fragte der Beamte vorsichtig.

»Um Leben zu retten, ja. Ist ja keine terroristische Erpressung. Da würde der Fall etwas anders liegen.«

Kielmann blickte jetzt aufgeschreckt auf seine Kollegin. Die spähte auf ihr Handy. Sie wartete auf das Fax.

»Erpressung?«, fragte er konsterniert.

»Er will für deinen Sohn eine halbe Million. Die gute Nachricht: Jan lebt also noch. Die schlechte ist: Er will eine Übergabe irgendwo im Moor.«

»Wahnsinn«, stammelte Kielmann.

Sie bogen auf den Damm ab, der das Festland mit der Insel Poel verband. Entlang der schmalen Straße zogen sich Wiesen, die immer wieder von riesigen Wasserflächen unterbrochen wurden, die teils süß, teils salzig waren. Das Meer und seine Boddengewässer uferten hier besonders bemerkenswert aus. Sie würden keine zehn Minuten mehr unterwegs sein.

Die Kommissarin sprach erneut mit dem IT-Beamten aus dem Soko-Team. »Unterrichten Sie Timmermann. Er soll als Leiter der Behörde entscheiden, was zu tun ist. Empfehlen Sie ihm, sich darauf einzulassen, und stellen Sie bis zu unserer Rückkehr ein MEK-Team und Scharfschützen zusammen. Das Geld muss her, egal wie. Und richten Sie Timmermann aus, dass ich darauf bestehe, dass nach unseren Regeln und nicht nach seinen gespielt wird. Und schönen Gruß.« Sie beendete das Telefonat.

Sie dachte daran, dass sie seit einiger Zeit nichts mehr von Paul gehört hatte. Auf zwei Nachrichten von ihm hatte sie allerdings auch nicht geantwortet. Sie hatte es schlicht vergessen. Dabei würde sie mit ihm gern über ihren aufgekeimten Kinderwunsch reden und seine Meinung dazu hören. Sie sehnte ein Ende der Ermittlungen und ihren gemeinsamen Urlaub in Norwegen herbei. Vielleicht wären ja die gemeinsamen Urlaubstage ein guter Zeitpunkt für eine gänzlich andere Beziehungsplanung als jene, die sie bislang hatte? Wäre Paul vielleicht doch der geeignete Mann, um ihr Leben in eine neue Balance zu bringen? Zweifel blieben, und sie schaffte es auch dieses Mal nicht, sie zu unterdrücken.

Eva Lindenthal stoppte den Land Rover im Schwarzen Busch vor einem Zugang zum Strand, vor dem sich ein Rondell befand und von dem aus man zu Fuß nach Gollwitz, Kirchdorf oder Timmendorf wandern konnte. Mit dem Auto kam man hier nicht mehr weiter.

»Wir machen es so«, sagte sie zu Kielmann und fasste ihn freundschaftlich unter, »du klapperst die beiden Kioske ab und fragst, ob sie einen Motorradfahrer kennen, der ein besonders lautes Exemplar fährt. Ich gehe in die beiden Restaurants hier vorn und frage dort nach. Wenn wir nichts herausfinden, erweitern wir das Areal nach Kirchdorf.«

Kielmann trabte los.

Die Kommissarin betrat das Lokal *Seemannskneipe*, das als »besonderen Leckerbissen« ein »Backfischfilet mit Pommes Frites« für sieben Euro neunzig anbot. Unverschämt und stillos, befand die Kommissarin, aber beließ es bei diesen Gedanken. Schließlich war Poel nicht Sylt und wollte es auch gar nicht werden.

Kielmann hatte Glück. Die Besitzerin des *Strandversorgers* konnte sich an ein solches Motorrad erinnern.

»Er fährt hier ab und zu vorbei«, berichtete sie. »Und er kommt aus dieser Richtung.« Sie wies mit ihrer rechten Hand auf einen Strandweg, der direkt in den Wald führte und sich am Meer entlang in Richtung Gollwitz zog.

Kielmann eilte auf die Straße und suchte mit den Augen die Umgebung ab. Von der Kommissarin keine Spur. Er überlegte kurz, dann machte er sich allein auf den Weg in den Wald. Er sagte sich, dass es sich hier um seinen Sohn handelte und dass er diese Sache notfalls allein regeln müsse.

Das Personal der *Seemannskneipe* konnte der Kommissarin nicht weiterhelfen. Es waren nur Saisonkräfte, von der die eine Hilfskraft gar nicht wusste, wo genau sie sich eigentlich auf Poel befand. Das Lokal gegenüber war noch gar nicht geöffnet. Da sie Kielmann nirgendwo sah, setzte sie sich auf eine Bank am Strandzugang und blickte aufs Meer hinaus. Ihr war nach einer Zigarette, obwohl sie schon vor Jahren aufgehört hatte zu rauchen. Strandspaziergänger warfen Stöckchen, die ihre Hunde auch eifrig apportierten. Möwen stritten, Wolken mäanderten am Himmel, Wind ging. Evas Haar zerzauste.

Wo blieb eigentlich Kielmann? Sie schaute sich um. Der Kommissar war noch immer nicht aufgetaucht. Sie blickte auf ihr Handy. Es blieb stumm.

Das Meer schimmerte wie Aluminium. Wenn sich Wellen auftürmten, dann waren sie so zahm, dass man sie mit den Händen fangen könnte. Die Steinungetüme, die hier überall im Wasser lagen, schimmerten grünlich und waren voller Exkremente von Möwen, die darauf ruhten, als seien sie selbst aus Stein.

Jetzt tauchen, dachte sie, das wär's. Sie besaß das ABC eines Tauchers – Flossen, Maske, Schnorchel – und vieles andere mehr. Ein Tarierjacket, einen Tauchcomputer. Sauerstoffflaschen, Neoprenanzüge. Die Erinnerung an einen ihrer letzten Tauchgänge beseelte sie einen Moment. Gemeinsam mit drei anderen Divern besuchte sie am Grund des Schweriner See die Wracks eines MIG-Kampfjets und eines Lastenseglers, der 1927 mit einer Ladung Ziegelsteinen auf etwa dreiundzwanzig Meter Tiefe gesunken war. Sie hätte vor Aufregung und der diversen Eindrücke wegen beinahe ihren Aufstieg verpasst. Ihr Tauchcomputer hatte bereits die rote Marke überschritten, was ihr signalisierte, dass nicht mehr ausreichend Sauerstoff in den Flaschen war.

Sie riss sich aus den Gedanken los, erhob sich wieder und schlenderte zu einem der Kioske, zu denen sie Kielmann entsandt hatte.

10

Kielmann hatte bereits eine imposante Strecke auf dem Radwaldweg zurückgelegt, der parallel zum Strand verlief und sich kilometerweit am Inselufer in Richtung Nordost entlangzog. Immer wieder äugte er in den Wald, der den Radweg begrenzte und hier und dort einen Blick auf Felder und Wiesen freigab. Aber er entdeckte nichts Auffälliges. Hatte sich die Kioskangestellte in der Richtung geirrt? Er passierte eine kleine Lichtung, die vom Radweg aus einen weiten Blick aufs Wasser eröffnete. Er setzte sich auf eine Bank. Kielmann blickte in den Himmel. Die Sonne hatte ihren Zenit überschritten. Die riesigen Steinköpfe erregten kurz sein Interesse.

Doch dann bekam er ein schlechtes Gewissen. Er wählte die Nummer der Kommissarin. Doch ein Klingeln brachte sein Mobiltelefon nicht zustande. Er fluchte leise. Sein Telefon zeigte ihm: *Kein Netz.* Er schob sein Handy zurück in sein Jackett und ordnete die Riemen seines Waffenholsters neu. Er warf einen Blick in den Wald, den nur der Radweg von ihm trennte. Stieg da Rauch auf? Er war beinahe schwarz und hing in den Bäumen, als sei er der Schatten weißen Nebels. Machte jemand ein Lagerfeuer mitten im Wald? Oder grillte jemand? Konnte derjenige ihm vielleicht weiterhelfen mit einer Spur, die zu Jan führte?

Vorsichtig pirschte sich Kielmann über einen schmalen Pfad durch das Gestrüpp und über verfaulte und umgestürzte Äste und Baumreste an den Qualmherd heran. Er sah kaum noch etwas. Im Wald war es sehr viel dunkler als auf der Lichtung zum Meer hin. Er schaltete die Taschenlampe seines Handys an und leuchtete auf den Wildpfad vor sich. Er hob die Lampe und erblickte in ihrem Schein eine heruntergekommene Hütte, aus deren Schornstein jener Rauch waberte, der sich hier überall mit Gestank in den dichten Ästen und Zweigen verfing. Er klopfte. Doch niemand öffnete. Kielmann umrundete die Hütte einmal, versuchte durch die zwei Scheiben zu blicken, doch sie waren offenbar von innen verdunkelt worden.

»Hallo?«, rief er laut und ungeduldig. »Ist hier jemand?« Er klopfte erneut, dieses Mal heftiger. Keine Reaktion. Er zog sich zurück, machte aber ein Foto vom Verhau. Das Blitzlicht erhellte für einen Augenblick, was er vorher nicht gesehen hatte durch die Scheiben: Einen kleinen weißen Plastikkübel mit einem Totenkopf-Aufkleber darauf, zerschlagene Glaskolben, zerrissene Schläuche und allerlei kleine Flaschen und Amphoren. All dies war nur halbherzig mit einer grünen Plane überdeckt, die mehr freigab, als dass sie verbarg. Kielmann runzelte die Stirn. Was war das hier? Eine Alchimistenwerkstatt? Die Heimstatt eines Bombenbauers? Er machte weitere Fotos.

»Was suchen Sie?«, sprach eine männliche Stimme aus dem Nichts.

Kielmann leuchtete mit seiner Handy-Taschenlampe in die Richtung, aus der er glaubte, die Stimme gehört zu haben. Aber er entdeckte niemanden.

»Hier bin ich«, sagte die Stimme.

Sie war jetzt in seinem Rücken. Kielmann wandte sich um und erhielt im selben Moment einen Schlag gegen die Kniekehlen, so dass er einknickte und zu Boden ging. Ein weiterer Schlag traf ihn am Hinterkopf, ein dritter aufs Ohr. Der Schmerzschock raubte ihm die Besinnung. Er verlor das Bewusstsein.

Eva Lindenthal spürte Wut in sich aufsteigen. Sie suchte nun schon seit mehr als zwanzig Minuten nach ihrem Kollegen, der wie vom Erdboden verschluckt zu sein schien. Die Frau vom Kiosk hatte ihr zwar gesagt, dass sie das Motorrad kenne, aber nicht den Fahrer, und dass sie dem »Herrn Kommissar« die Richtung des Strandwegs gewiesen habe, von wo aus das Krad ab und an geknattert kam – doch ganz genau wisse sie das auch nicht mehr.

Die Kommissarin war ratlos. Sollte sie einfach in Richtung des Waldes gehen und ihn dort suchen? Und was, wenn er doch in die andere Richtung gegangen war? Andererseits vertraute sie auf Kielmanns physische Stärke, schließlich hatte er eine Kampfsportausbildung gemacht. Außerdem war er, im Gegensatz zu ihr, bewaffnet. Dem entgegen stand sein mentaler Status, den sie nicht bis ins Letzte einschätzen konnte. Sie wählte seine Nummer. *Nur die Mailbox.* Ihr Handy zeigte eine geringe Signalstärke an.

»Wo bist du Toni? Melde dich sofort, wenn du wieder erreichbar ist.«

Fragen über Fragen wirbelten in ihrem Kopf umher. Was, wenn er versuchte, auf eigene Faust sein Kind zu finden? Wenn ihm seine angegriffene Psyche einen Streich spielte und ihm suggerierte, er allein könne wieder geradebiegen, was er als Schüler angerichtet hatte? Oder war seine Handybatterie leer? Das wäre unprofessionell.

Sie wog ab zwischen einer Suche nach Toni, seinen möglichen Motiven, sich nicht zu melden, und ihren Erfolgsaussichten, ihn zu orten. Sie entschied sich dafür, auf dessen physische Stärke und seine langjährige Erfahrung zu vertrauen. Wenn Kielmann wirklich den Weg des »einsamen Wolfs« gewählt hatte, um sein Kind zu retten, dann sollte er ihn auch zu Ende gehen.

Sie steuerte auf das etwa fünf Gehminuten entfernte Restaurant *Strandperle* zu, das sich Am Reetmoor befand, einem Weg, der, so wie der Strandweg auch, den Linien des Meeresufers folgte. Es muss doch mit dem Teufel zugehen, dachte sie, wenn dort nicht nähere Informationen zu dem Halter des Motorrads zu erfahren waren. Schließlich bewirtschafteten Einheimische das Lokal.

11

Theo Sander schwitzte unmäßig, während er dem von ihm überwältigten Kommissar den letzten Knoten um dessen Gliedmaßen festzog. Die Stricke waren aus nicht zerreißbarem Polyester, daumendick und geeignet, größere Segelboote an Poller zu binden. Damit er von den Schlägen gegen seinen Kopf nicht doch schneller zu Bewusstsein kam, als Sander recht war, hatte er Kielmann mehrfach Chloroform zum Einatmen vor Mund und Nase gedrückt. Jetzt injizierte er ihm Midazolam. Das Narkotikum sollte Kielmann mindestens bis zum nächsten Morgen effektiv außer Gefecht setzen.

Sander schleifte Kielmann mit aller Kraft zu einer Mulde keine hundert Meter vom Eingang der Hütte entfernt und bettete ihn dort auf dem Waldboden, im feuchten Moos. Damit der Kommissar nicht von Frühaufstehern entdeckt wurde, bedeckte er ihn mit Ästen und Zweigen, warf eine Plane auf ihn und darauf den Müll der letzten Tage.

Im Keller von Sanders Versteck begann es zu rumpeln und zu rumoren. Der Kidnapper stand vor einem der Hochregale und suchte aus Kartons Elektromaterial wie Drähte, Schalter und Lämpchen zusammen. Er griff nach einer in Ölpapier eingewickelten Masse von der Größe eines Stücks Butter, nach einem weiteren, aber sehr viel kleineren Päckchen, nach zwei Batteriepaketen und fünf Magnetschalen mit Zündvorrichtung. Mit einem Messer zerteilte er zunächst die gräuliche Masse, die wie Fensterkitt aussah, in fünf gleich große Stücke.

Anschließend filetierte er das sehr viel kleinere Päckchen, dessen knetbarer Inhalt die Farbe von Teer hatte und beinahe so roch, ebenfalls in fünf Teile. Beide Massen drückte er jeweils in eine der Magnetschalen. Er versah sie mit Drähten, die er erst mit den Plus- und den Minuspolen von vier Batterien und dann mit einem winzigen GPS-Sender verband. Er setzte ein Empfangsgerät von der Form eines in die Jahre gekommenen Handys mit einem Knopfdruck unter Strom. Der Sender signalisierte über einen winzigen grünen Lichtpunkt augenblicklich Empfangsbereitschaft. Den zweiten Knopf des Geräts bediente er nicht.

Er schaltete das Gerät wieder ab und blickte zufrieden auf sein Werk. Einzeln und mit sehr viel Akribie wickelte er vier der Gegenstände in Ölpapier ein und verstaute sie in seinem schwarzen Rucksack. Sein Blick fiel auf den betäubten Jan. Dessen Hände und Füße zuckten leicht. Sander wusste, dass er nicht mehr viel Zeit hatte.

Flugs sprintete er die Treppe nach oben und schrieb eine Nachricht mit seinem Handy, weil es im Keller keinen Empfang hatte. Er stellte es auf die höchste Lautstärke. Wieder im Keller packte er den Jungen, zog ihn von der Liege und schleppte ihn mit aller Kraft über die Treppe in den oberen Raum. Wie auch schon dessen Vater, verband er ihm mit einem Seil Hände und Füße und zog ihn bis vor die Eingangstür der Hütte. Sanders Handy fiepte. Eine Nachricht: *Bin in zehn Minuten vor Ort.*

Sander bewegte sich erneut in den Keller, griff nach der fünften Magnetschale, blickte sich nochmals um und löschte dann das Licht. Wieder oben schlüpfte er in seine Lederkluft, warf sich den Rucksack über die Schulter, griff nach der Magnetschale und bewegte sich zum rückwärtigen Ausgang. Er heftete sie an eine nach oben gebogene Metallplatte, die von innen an das Türblatt geschraubt war und die ihm bisher als Garderobenhaken gedient hatte. Er kehrte zu Jan zurück, öffnete die vordere Tür und zog den Jungen heraus.

Vom Feld hinter dem Waldstück sah er ein Scheinwerferlicht aufblitzen, das aber gleich wieder erlosch. Er verbarg sich hinter einem Busch. Er gab sich selbst Entwarnung, als der kleine Geländewagen am Feldrand hielt. Zu zweit trugen sie den Jungen in den SUV, der mit durchdrehenden Reifen und ohne Licht erst am Feldrand entlangschaukelte und dann das kurze Stück über den Acker rumpelte, Kirchdorf erreichte und in Richtung Wismar davonfuhr.

12

»Ja, wir haben einen Neuzugang hier«, hatte die Inhaberin der *Strandperle* der Kommissarin soeben berichtet und dabei einen Blick aufgesetzt, als sei diese Information hochbrisant. »Er war mal mit einer älteren Dame hier zum Essen. Ein komisches Paar. Sie war viel größer als er, machte einen feinen Eindruck, während er ein bisschen abgerissen aussah.«

»Können Sie die Frau beschreiben?«, fragte die Kommissarin, während sie der Dame auf einem Barhocker gegenübersaß und mit einer Visitenkarte des Lokals in ihren Händen spielte.

»Puh, das ist schon ein bisschen her. Da müsste ich erst einmal nachdenken.« Die Inhaberin polierte Gläser und machte dabei ein Gesicht, als sollte sie einen Abzählreim aus ihrer Kindheit zitieren.

»Tun Sie das bitte«, drängte die Kommissarin.

»Ich denke, ich denke …«, antwortete die Frau, »… also in jedem Fall schlohweißes Haar, kräftige Statur, feines Gesicht. Ich schätze, um die siebzig Jahre alt.«

»Und er? Wie sah er aus?«

»Klein, sehr klein. Zwergenwuchs sagt man dazu, glaube ich.«

»Kleinwüchsig ist das bessere Wort«, entgegnete die Kommissarin.

»Wie auch immer. Er hatte 'ne Halbglatze und dreckige Fingernägel.«

»Und warum, glauben Sie, ist er, wie Sie sagen, ein *Neuzugang?*«

»Weil ich mitbekommen habe, wie er über eine Hütte geredet hat, die er sich nach und nach zu 'ner Wohnung umbauen will. Muss irgendwo Richtung Gollwitz im Wald sein.« Die Lokalbesitzerin deutete mit ihrer Hand in die Richtung, in die die Kioskbesitzerin Kielmann geschickt hatte oder eben auch nicht.

Die Kommissarin verließ das Lokal eher unzufrieden und mit finsterem Blick. Sie ging die wenigen Schritte hinunter zum Meer und sann darüber nach, was von den dürren Informationen verwertbar war. Die Beschreibung des Kleinwüchsigen wies eindeutig auf Theo Sander hin. Bei der Beschreibung der älteren Dame war sie unsicher. In ihren Ermittlungen waren nur zwei Damen aufgetaucht. Martha Sander und Tessa Rubinstein. Martha Sander war tot und somit nicht zu vernehmen. Sollte Tessa Rubinstein etwa mit Sander gemeinsame Sache machen? Wegen dreier Jungs, die ihnen mindestens zwei Jahre lang die Hölle heißgemacht hatten, bis Tessa und Theo vor ihnen kapitulierten? Und sich in der Folge ihr Leben auf radikale Weise änderte?

Eben überspülte eine Welle ihre Schuhe, so dass Eva mit einem leisen Fiepen vor dem Wasser zurück auf den trockenen Sand floh. Im selben Moment dröhnte ein ohrenbetäubender Knall durch die eben noch stille Luft. Mit vor Schreck geweiteten Augen starrte die Kommissarin auf den hellen Feuerschein, der den Wald oberhalb der Steilküste erleuchtete.

Kielmann, dachte sie, während sie rannte und rannte, wenn er bloß nicht dort hingegangen ist. Und wenn doch? Sie stürzte mehr, als dass sie in Richtung des Feuers rannte, versank dabei immer wieder im feuchten Strandsand, doch sie kämpfte sich vorwärts, Meter um Meter.

Um auf den Waldweg zu gelangen, musste sie den Strand verlassen und die etwa vier Meter hohe, zerklüftete Steilküste nach oben klettern. Sie zog sich Zentimeter um Zentimeter am Strauchwerk hoch, die lehmige und feuchte Böschung in Richtung des Küstenwalds, rutschte weg, fing sich wieder ab, japste dabei nach Luft und verschmutzte ihre Kleidung. Endlich war sie am Ziel, kämpfte sich durch dichtes Strauchwerk, kletterte über umgestürzte Bäume und wich, so gut es eben ging, armdicken Wurzeln aus, die sich aus dem Boden wölbten wie Schikanen. Dichter, stinkender Qualm schlug ihr entgegen, der in den Bäumen hing wie feuchte Flocken.

Äste, Zweige und hohes Gras brannten noch immer lichterloh. Sie hielt sich schützend eine Hand vor die Augen; der beißende Rauch nahm ihr die Luft zum Atmen. Sie kämpfte sich weiter vor, näher heran an die Hitze und wäre beinahe über einen Haufen Abfall gestolpert. Sie stoppte. Sie bückte sich nach einem kurzen, aber starken Ast und stocherte unter die Plane. Eine Hand wurde sichtbar.

»Oh, mein Gott«, murmelte sie, bückte sich erneut und zog ruckartig die Plane zur Seite weg.

Kielmann lag auf dem Bauch, mit dem Gesicht auf dem Waldboden, mehrfach mit einem Strick verknotet. Er schien durch die schützende Plane und die Schicht aus Abfall von der Explosion und den herumfliegenden Teilen nicht einen Kratzer abbekommen zu haben.

Die Kommissarin rüttelte an ihm, sprach ihn an. Er rührte sich nicht. Sie drehte ihn auf den Rücken und presste ihr Ohr an seine Nase. Doch das Geprassel des Feuers war viel lauter als Atemgeräusche. Sie drückte einen Finger auf seine Halsschlagader. Sie spürte ein Pochen.

Sie atmete tief durch. Aus der Ferne war Sirenengeheul zu hören, das immer mehr anschwoll. Schnell löste sie die Knoten um Kielmanns Gelenke. Mit aller Kraft zog sie ihn über den Waldboden hin zum Strandweg. Es ging nur Stück für Stück. Sie schwitzte und fühlte sich am Ende ihrer Kräfte. Endlich hatte sie es geschafft, ihren wie leblos wirkenden Kollegen aus dem Gefahrengebiet zu bringen. Das Feuer hatte sich schon weit ins Unterholz gefressen, erste Flammen loderten jetzt dort, wo Toni Kielmann eben noch gelegen hatte.

Blaue Blitze rissen tiefe Schneisen in die Flammen. Die ersten Feuerlöschwagen waren über das nahe Feld herangeeilt. Feuerwehrmänner drangen in das Unterholz vor, ihre Anweisungen schwirrten durch die Luft wie das Bellen hungriger Wölfe.

»Hierher!«, rief die Kommissarin. »Ich brauche Hilfe! Einen Arzt!«

Wenige Augenblicke später tauchte vor ihr ein verschwitzter Mann mit Helm, rotem Schutzanzug und Arztkoffer auf.

»Was ist passiert? Wer sind Sie?«, fragte er.

»Kripo Schwerin. Er ist mein Kollege. Er wirkt leblos, atmet aber.«

Der junge Arzt machte einen energischen Eindruck. Der Rettungsmediziner leuchtete mit einer kleinen Stablampe in die Augen Kielmanns. Er fühlte nach dessen Puls. Die Kommissarin beobachtete ihn dabei sehr genau.

»Zu langsam«, sagte er, als spräche er zu sich selbst. Er maß Kielmanns Blutdruck. »Zu niedrig.« Er legte ihm Elektroden für ein EKG an und maß die Herzfrequenz des Kommissars über ein mobiles Messgerät. »Instabil.« Abschließend drückte er Kielmanns rechten Zeigefingernagel kräftig ins Nagelbett. Anfangs weiß vom Druck, färbte es sich für den Geschmack des Arztes nicht schnell genug wieder rot.

Der Arzt sah zur Kommissarin auf. Sein Blick war so nüchtern wie seine Stimme. »Miese Durchblutung des Gewebes, stark verlangsamte Herzfrequenz, Blutdruck zu niedrig. Was mich wundert … sind … seine starren Pupillen wie … nach einem Trip. Möglicherweise ein Betäubungsmittel.« Der Arzt blickte wieder auf seinen Patienten, dann mit ernstem Ausdruck auf Eva Lindenthal.

»Der Mann ist Kommissar und leitet mit mir eine Ermittlung. Da nimmt man keine Drogen«, fauchte sie.

»Wer weiß das schon«, sagte der Sanitätsarzt. Er war die Ruhe selbst.

»Ich weiß es«, sagte sie streng. Und dann verbindlicher: »Holen Sie ihn einfach zurück, bitte, mehr will ich gar nicht.«

»Ich kann ihm nichts geben, wenn ich nicht weiß, wogegen«, wies der Arzt Evas Bitte entrüstet zurück. »Sehen Sie seine Kopfverletzungen?« Er und zeigte auf das blutverkrustete linke Ohr Kielmanns und auf dessen Hinterkopf.

Die hellen Haare Kielmanns waren in der Größe einer mittelgroßen Handfläche blutverschmiert, so weit war die Kommissarin in ihren Beobachtungen noch gar nicht gekommen. Sie hatte sich darauf konzentriert, ihren Kollegen aus der Gefahrenzone zu zerren.

»Oh, Gott«, flüsterte sie. Sie presste beide Hände vor den Mund.

»Er kann also auch davon eine Art Schmerzschock haben.« Er ersparte ihr die Fachbegriffe, wie er es meist tat, wenn er nicht unter Medizinerkollegen war. Er hatte bei Unfällen gute Erfahrungen damit gemacht, Angehörigen, Freunden oder Kollegen gegenüber *verständlich* zu bleiben.

Der junge Arzt legte Kielmann zunächst eine Nasensonde an, über die er ihm Sauerstoff zuführte. Dann spritzte er ihm vorbeugend ein Noradrenalin, das auf das Zentralnervensystem wirkte und die Herz-Kreislauf-Funktionen wieder in Gang bringen sollte.

»Allerdings«, fuhr er fort, »ist das Blut bereits geronnen, aber noch nicht verkrustet. Die Verletzung dürfte noch nicht lange zurückliegen.« Der Rettungsmediziner griff in seinen Koffer. Er hielt eine Packung mit einer Injektionsspritze in der Hand, die er jetzt öffnete und von allen Arretierungen befreite. »Ich gebe ihm Flumazenil. Es löst den Hirndruck nach einem schweren Schädel-Hirn-Trauma und hebt auch die Wirkung von starken Narkotika vollständig auf. Ich weiß nicht, wovon Ihr Kollege so am Arsch ist, aber *allein* von den Schlägen gegen seinen Kopf sicher nicht.«

Die Kommissarin blickte mit ratlosem Blick zuerst auf Kielmann, dann auf den Arzt. »Tun Sie, was Sie denken«, sagte sie, »aber tun Sie es.«

Der Rettungsmediziner injizierte Kielmann die Lösung.

»Jetzt warten Sie ein paar Minuten. Wenn er zu sich kommt, dann war es die richtige Therapie. Wie auch immer, unser Rettungswagen steht nicht weit von hier hinten am Feld.« Er zeigte ihr die Richtung mit seiner rechten Hand. »Ich sage den Sanitätern Bescheid. Ich muss jetzt zu *meinen* Männern. Die stehen in der Hitze, im Gegensatz zu *Ihrem* Mann.« Er tippte sich an den Helm und verschwand, woher er gekommen war: Im Feuerschein des Unterholzes.

13

Schwerin, am nächsten Tag, gegen elf Uhr

Toni Kielmann saß, am Hinterkopf und in der Nähe seines linken Ohres mit Pflastern beklebt, noch etwas benommen inmitten des Soko-Teams an dem langen Besprechungstisch und kühlte sich mit Eisbeuteln die Stirn. Das Narkotikum hatte seine Wirkung zwar weitgehend verloren, dennoch fühlte er sich müde und zerschlagen. Die Kommissarin referierte derweil vor den Monitoren, auf denen 3D-Grafiken der Spurensicherung wie auch die Tatorte und das Konterfei des mutmaßlichen Täters zu sehen waren, das weitere Vorgehen.

Das Gesicht Theo Sanders, seine Biografie, seine sämtlichen Wohnorte und ärztlichen Befunde waren vom Soko-Team als PowerPoint-Grafik aufgearbeitet und dargestellt worden. Ein weiterer, sehr viel größerer Monitor zeigte die topographischen Besonderheiten des Ufers am Ramper Moor.

Neben Eva Lindenthal stand ein sportlich wirkender Mann, der eine Magnetkarte um den Hals trug, auf dem der Name »Klink« stand. Auf einem kleinen Tischchen neben ihm lag ein schwarzer Hartschalenkoffer, der nicht nur die geforderten fünfhunderttausend Euro, sondern auch einen Farbbeutel enthielt, der die Scheine beim Öffnen des Koffers mit einer für das menschliche Auge unsichtbaren Flüssigkeit markieren sollte. Würden die Scheine benutzt, würden Lesegeräte zur Überprüfung ihrer Echtheit in jedem Supermarkt, jeder Bank oder sonstwo sie als Beutegeld ausweisen.

»Wir sind«, sagte die Kommissarin soeben, »auf das winzige Stück Glück angewiesen, nicht nur den Jungen lebend zu bekommen, sondern auch den Täter. Um das Geld mache ich mir gar keine Sorgen. Oder wie sehen Sie das, Herr Kollege Klink?« Sie hatte sich dem Mann neben sich zugewandt.

Er war ein drahtiger Typ, mit gegerbtem Gesicht, lebendigen grauen Augen und stoppligen, kurzen Haaren. Er trug sein Oberhemd leger über seiner Jeans und machte äußerlich nicht den Eindruck, als müsste man ihn nur von der Leine lassen, damit aus ihm ein polizeilicher Raufbold in Kampfmontur wurde.

Klink stellte sich kurz vor. Der Zeigestock, den er in seiner rechten Hand hielt, wippte dabei leicht auf und ab.

»Ich leite das Team des Mobilen Einsatzkommandos«, schnarrte er den Soko-Leuten zu, »und wir werden heute Abend nicht nur Glück, sondern auch sehe viel Konzentration brauchen. Will sagen: Unser Gegner ist gefährlich, weil er sich offenbar mit chemischen Substanzen auskennt und wir erwarten dürfen, dass er sich mit allen Mitteln gegen eine Festnahme wehren wird. Wie wir alle von der Spurensicherung wissen, führte eine Art Bombe zur Explosion seiner mutmaßlichen Behausung im Wald bei Kirchdorf auf Poel. Das lässt vermuten, dass unser Gegner noch weitere explosive Überraschungen im Gepäck hat.« Klink sah mit einer gewissen Grimmigkeit auf die zehn Beamten vor sich. Er fixierte dabei vor allem Kommissar Kielmann, der gerade das Kühlpad wechselte und es sich jetzt an den Hinterkopf hielt. Dessen Gesichtsfarbe hatte die Frische eines welken Salatblatts.

Klink hob seinen Zeigestock und stach mit der Spitze auf die Oberfläche des Monitors, der das Gelände rings um das Schloss zeigte. »Unser Plan ist es, dass wir sowohl von der See- als auch von der Landseite Technik und Mensch einsetzen, die den Entführer in die Zange nehmen werden. Wie Sie alle wissen, ist das gesamte Gelände von allen Seiten einsehbar. Womit der Entführer nicht rechnen wird, ist, dass wir mit sehr wenig Manpower auskommen werden.« Klink machte eine kleine Pause. Er strich sich entspannt über seine Haarstoppeln. »Für weitere Details bitte ich

Sie jetzt in den Raum nebenan. Ich habe Ihnen dort ein maßstabgetreues Relief aufbauen lassen, praktisch eine Art Sandkastenspiel, das Ihnen zeigen wird, wie wir vorgehen werden.«

14

Ramper Moor, gegen siebzehn Uhr

Die Sonne stand schon tief über dem Schweriner See und ihre Strahlen glitzerten wie Goldstaub auf den von einem kräftigen Wind aufgewühlten Wellen. Es war ein Licht wie gemacht für lange Schatten. Doch mit der Abenddämmerung würde, so wie in den letzten Tagen auch, wieder Dunst über das Wasser kriechen und in Schwerin und den Orten rings um den See für Nebel und eine graue, kühle Nacht sorgen. Aber noch war es hell und sogar ein bisschen warm.

Eben warf ein Fischkutter in etwa zweihundert Meter Entfernung vom Steilufer des Schweriner Sees den kleinen Anker aus. Ein schmaler, scharfer Lichtstrahl glitt für einen winzigen Augenblick über das Wasser, der aber im tanzenden Sonnenlicht nicht weiter auffiel.

Am Heck des Kutters öffnete sich leise surrend eine Klappe, aus der eine schwarzlackierte Konstruktion glitt, die nicht mehr als einen Meter lang und einen halben Meter breit war. Sie hatte die Form eines Fischlaibs, nur ohne Flossen. Am Bug klebte, wie bei einem Passagierflugzeug, eine runde Nase, aus der eine winzige Antenne ragte. Am Heck drehte sich nun leise surrend eine Schraube. Das eigenartige Schiffchen tauchte sofort unter Wasser.

Im Steuerhaus des Fischerbootes standen zwei kahlgeschorene Männer von auffällig sportlicher Statur in T-Shirt und Jeans vor einem Monitor, der mit einer Tastatur und einem Joystick verbunden war. Einer der beiden, er war kleiner als der andere, dirigierte das schwarze Ding im Wasser, das jetzt seinen Bug öffnete und ein Kameraauge freigab. Sein Okular übertrug an den Monitor, was sich in der Umgebung des Fahrzeugs im Wasser tat. Die beiden Männer blickten in eine trübe, grüne Brühe, an deren Boden eine

Menge Unrat, Muscheln und Kieseln lag. Kleine Krebse und Fische, so groß wie Plötzen, bewegten sich träge durchs Wasser, hier und da wuchs dichtes Schilf aus dem Boden.

»Schleichfahrt für ›Viktor‹«, sagte der Kleinere.

Der Größere bewegte den Joystick ein wenig. Bedachtsam, aber stetig schob sich das Vehikel namens »Viktor« in Richtung des hohen Ufers, das sich durch Schlickablagerungen und kleinere Unterwasserhügel schon andeutete. Als es anlandete, erhob sich aus seinem glatten Rücken ein winziges Rohr, in dem, einem U-Boot gleich, eine winzige Fingerkamera steckte. Nur wer von Land wirklich genau hinsah, möglicherweise ein starkes Fernglas besaß, konnte das schwarze, fingerdicke Sehrohr entdecken, das wie ein Stock wie zufällig wenige Zentimeter aus dem Wasser ragte. Die beiden Männer konnten so sehr genau erkennen, was an Land vor sich ging.

»Wir haben ihn«, sagte der Kleinere der beiden Kahlköpfe und zeigte mit dem Finger auf eine Person, die schwarze Kleidung und auf dem Rücken einen Rucksack trug. »Er sitzt und spielt mit einem kleinen, schwarzen Gerät. Könnte ein Handy sein.«

»Ich sehe aber kein Kind«, sagte der andere. Er drehte über seinen Joystick das Sehrohr einmal um die eigene Achse. Das Panoramabild lieferte ihnen gestochen scharfe Aufnahmen von jedem Quadratzentimeter Sumpf, Wiese, Ufer, Pflanzenwuchs und Wasser. »Basis? Hier Katharsis 1. Wir haben einen Mann mit Rucksack ausgemacht, könnte unser Ziel sein. Kein Kind, Achtung, kein Kind.«

»Wir bringen ›Hebron‹ von oben auf eine neue Position und sehen uns das mal an«, erhielt er zur Antwort.

Die *Basis*, das waren Kommandeur Klink, Lindenthals Vorgesetzter Ulrich Timmermann und ein Vertreter des Innenministeriums. Der Vertreter der Legislative hatte es sich im Auftrag des Staatssekretärs nicht nehmen lassen, der Exekutive auf die Finger zu schauen. Klink hatte ihm allerdings empfohlen, sich aus der

Befehlskette herauszuhalten. Die drei saßen in einem Videoüberwachungsraum des Landeskriminalamts, das sich nur unweit des Geschehens im Örtchen Rampe befand.

Währenddessen rollte ein Linienbus von Schwerin kommend auf der Bundesstraße 104 zunächst über die Güstrower Straße in Richtung Leezen und durchquerte dabei einen langgestreckten, dichten Forst. Außer dem Fahrer saßen im Bus sechs Passagiere. Es war ein ganz und gar unauffälliger Bus, an dem von außen ein Werbebanner eines Schweriner Autohauses prangte, das sich vom Bug bis zum Heck hinzog. Dabei waren auch die Scheiben überklebt, durch die man so zwar von außen nicht in den Bus, von innen aber sehr wohl aus dem Bus herausblicken konnte.

Nach etwa acht Kilometern überquerte die B 104 eine schmale Landzunge, die den Forst und die Stadt mit dem Örtchen Rampe verband. Der Bus verlangsamte jetzt seine Fahrt, schließlich stoppte er. Von der Straße aus war ein schmaler Weg zu sehen, der mitten ins Dickicht führte.

Die Passagiere stiegen aus dem Bus und plapperten dabei laut hörbar über das Wetter, über den Wald und über Vogelarten, die es hier gäbe. Sie trugen Basecaps auf den Köpfen, legere Freizeitkleidung und die typischen Rucksäcke von Touristen, die neben den obligatorischen Karten auch Proviant dabeihatten. Jedenfalls machte es den Anschein, denn ihre Rucksäcke sahen prallgefüllt aus. Sie hielten sich nebeneinander, lachten und redeten, einer zeigte auf einen Storch, der über ihnen kreiste. Ihre Köpfe und leuchtendbunte Kleidung waren für jedermann, der sich in der Nähe aufhielt, zu sehen. Jeder der sechs hatte ein Fernglas umgehängt.

Versteckt blieben feine Drähte unter ihren Mützen, die in winzigen, in ihren Ohren steckenden Knöpfen endeten. Sie hatten die Nachrichten an die Basis mitgehört. Ihre Tarnung schien perfekt zu sein.

»Basis an Katharsis 2. Ihr seid jetzt nur neunhundert Meter von der möglichen Zielperson entfernt. Vorlaufen bis auf dreihundert Meter, dann rasten. Spielt eure Rollen als Wanderer. Ihr wisst, was zu tun ist.«

Zwei der Passagiere sonderten sich jetzt von der Gruppe ab. »Basis? Hier Katharsis 3. Wir laufen jetzt zum Ziel.«

Seit Klink das Kommando der Operation zur Befreiung von Jan Kielmann übernommen hatte, waren die beiden Oberkommissare mit dessen Team zu einer Einheit verschmolzen. Ihr Deckname war Katharsis 3, und vor ihnen lag eine besondere Aufgabe. Sie hatten den Koffer mit dem Geld und sollten, so der Plan, Theo Sander damit aus der Deckung locken und zu dem Kind geführt werden. Während der Übergabe des Geldkoffers wollte das getarnte Einsatzkommando von See- und Landseite aus Sander neutralisieren und den Sohn Kielmanns befreien.

Eva Lindenthal stöhnte leise. Sie war es nicht gewohnt, eine Kombination aus einer schusssicheren Weste und normaler Freizeitkleidung zu tragen. Ihre Assistentin Laura war um die Mittagszeit eilig in ein Bekleidungsgeschäft gelaufen, um ein passendes Jackett zu finden und eine Hose, die es erlaubte, ihre Dienstwaffe unsichtbar an der rechten Außenwade zu verstecken. Und dann drückte noch der Koffer mit dem Lösegeld in ihrer Hand. In der Innentasche ihres Jacketts steckte eine ärztliche Überweisung für einen Patienten mit Kleinwüchsigkeit in eine New Yorker Spezialklinik.

Kommandeur Klink hatte darauf bestanden, dass die Kommissarin sich schützte wie alle anderen Einsatzkräfte auch. Bevor er Kielmann erlaubt hatte, an dem Einsatz teilzunehmen, hatte der sich nochmals gründlich von einem Polizeiarzt untersuchen lassen müssen. Der hatte ihm einen hochdosierten Cocktail aus den Vitaminen B6, B12 und Folsäure gespritzt sowie Mineralstoffe wie Kalzium, Magnesium und Spurenelemente wie Zink und Selen verabreicht. Außerdem schluckte Kielmann hochdosiertes Ibuprofen und Paracetamol. Und was ihm der Arzt nicht hatte geben können, hatte er sich im Kiosk gegenüber selbst besorgt: zwei Büchsen Energydrink mit hochdosiertem Koffein und Zucker.

So wie die Kommissarin auch hatte er eine schusssichere Kevlar-Weste an. Seine Heckler & Koch trug er im Gegensatz zu Eva Lindenthal allerdings in seinem Brusthalfter. Ein dunkles Basecap versteckte seine hellen Haare.

Beide Kommissare waren mit der Basis und den anderen Katharsis-Gruppen über eine Interkommunikation verbunden. Die Mikrofone steckten unter ihren Kragen, die winzigen Lautsprecher in ihren Ohrmuscheln. Sie dachte an Paul und was er wohl sagen würde, sähe er sie jetzt in Aktion. Doch sie vergaß ihre Gedanken schnell wieder. Eva fühlte sich wie ein Leitwolf, der mit Toni einen schwächeren Wolf mit sich zog, um als Alphatier die Beutelage zu sondieren.

»Noch zweihundert Meter bis zum Ziel«, sagte die Kommissarin in ihr Mikrofon.

»Ziel immer noch in Ufernähe. Das Kind ist nicht in Sicht«, informierte die Basis.

Kielmann schluckte. Lindenthal lächelte ihm aufmunternd zu.

Die vier anderen Frauen und Männer aus dem Bus waren ihnen gefolgt und ließen sich etwa einhundert Meter entfernt versteckt hinter Bäumen nieder. Kaum waren sie in der Hocke, fingerten sie aus ihren Rucksäcken kleine Pistolen, die sie sich unter ihre Jacken und Hemden schoben. Dabei redeten sie über den Dunst, der aufzog, und über das Wetter im April. Zwei von ihnen schoben sich apfelsinengroße Nebelgranaten in die Innentasche ihrer Jacken. Die beiden Frauen bewaffneten sich zusätzlich noch mit handygroßen Elektroschockgeräten. Leichte Dunstschwaden zogen vom See her in den Wald.

»Wir wären dann so weit«, sagte einer in sein Mikrofon.

»Gut, Katharsis 2, bleibt dort, bis wir euch ein Signal geben. Wir haben von ›Hebron‹ aus alles gut im Blick.«

Eine der Frauen blickte kurz zum Himmel. Doch mehr als die Baumwipfel über sich sah sie nicht.

»Ziel liegt noch immer auf dem Boden«, meldeten sich die

Männer vom Fischkutter. »Sieht aus, als würde er schlafen. Wir haben aber zu viel Schilf vor dem Visier.«

»Das gefällt mir nicht, Katharsis 1«, antwortete die Basis. Und nach einem Moment: »›Hebron‹ misst in der Nähe des Ziels einen Sender am Boden. Ist nicht unsere Frequenz.«

»Vielleicht ein Peilsender?«, fragte Katharsis 2.

»Verflucht«, schnarrte es von Katharsis 1 in aller Ohren.

»Ruhig bleiben«, antwortete die Basis. »›Hebron‹ gibt uns gleich die Antwort.« Es herrschte kurz Funkstille. Dann: »›Hebron‹ zeigt das Ziel ebenfalls liegend auf dem Bauch, Fernglas vor den Augen mit Blickrichtung See. Lasst ›Viktor‹ im Wasser. Keinesfalls auftauchen. Fahrt das Sehrohr ein, aber langsam … Ziel robbt nach links, Blickrichtung Wald. Achtung, Katharsis 3, er hat euch gleich im Visier.«

»Alles klar«, sagte Eva Lindenthal leise. Sie hatte Theo Sander schon entdeckt. Der sprang vom Boden auf, in der Hand ein kleines Gerät.

Sie hob die Hände. »Wir sind unbewaffnet«, rief sie. Sie waren etwa hundertfünfzig Meter von ihm entfernt.

»Achtung, über den Waldweg nähert sich ein Geländewagen. Ein Jeep Cherokee, graugrün, älteres Modell. Distanz zum Ufer sechshundertfünfzig Meter. Stoppt jetzt. Der gehört ganz sicher nicht zu uns. Katharsis 2, er ist in eurem Rücken.«

»Verstanden, Basis.« Die Vierergruppe ging in Deckung. »Vielleicht ein Fluchtfahrzeug?«

»Wir wissen nicht, ob es zum Ziel gehört«, sagte die Basis. »Unsere Drohne kann nur aufs Dach sehen.«

»Scheiße«, zischte eine Stimme.

»Entweder, ihr schweigt jetzt alle, oder ich schalte meine Interkom ab«, zischte Eva Lindenthal in ihr Mikro. »Ich brauche die volle Konzentration.«

»Alles klar, Katharsis 3.«

Die Kommissarin bewegte sich langsam auf Sander zu. Er war noch kleiner, als sie ihn sich vorgestellt hatte. Der Koffer mit dem Geld baumelte an ihren erhobenen Händen. Kielmann folgte ihr in kleinem Abstand. Beide Drohnen hatten die Kommissare jetzt gut im Blick. »Viktor« vom Ufer über das Sehrohr aus, »Hebron« in großer Höhe über die Außenkamera. Die vier Beamten hielten sich weiter im Wald versteckt.

Sander hielt ein kleines Gerät in die Höhe. »Wenn hier irgendeiner Dummheiten macht«, rief er, »dann zünde ich ein Feuerwerk und wir gehen alle dabei drauf. Einschließlich des Jungen.«

»Wo ist er?«, fragte Kielmann. »Ich will ihn sehen!«

»Du und deine Befehle«, sagte Theo Sander grimmig. »So warst du schon in der Schule. Alles sollte nach deiner Pfeife tanzen. Aber das hier ist *meine* Party und nicht deine, Toni.«

»Theo, lass den Quatsch!«, rief ihm Kielmann zu. »Wenn du jetzt kooperierst und aufgibst, dann kommst du wenigstens irgendwann mal wieder aus dem Loch raus!«

»Sagen Sie Ihrem Bullenbeißer, er soll das Maul halten«, wandte sich Sander an Eva Lindenthal.

»Kann ich meine Arme wieder herunternehmen?«, fragte sie.

»Sie ja, Kielmann nicht. Er soll sehen, wie es ist, wenn langsam das Blut aus den Händen und Armen fließt und die ersten Schmerzen einsetzen.«

»Warum wollen Sie Vergeltung?«, fragte sie beinahe sanft. »Warum dieser Durst nach Rache?«

Sander bewegte sich leicht zur Seite. Die drei standen sich jetzt in einer Distanz von etwa zwanzig Metern gegenüber.

»Kennen Sie das Spiel ›Zwergenwerfen‹?«, fragte er.

»Nein«, sagte sie, »aber ich kann mir vorstellen …«

»… einen *Dreck* können Sie!«, fuhr Sander dazwischen. »Toni, Maik und Stefan haben mich im Sportunterricht oft die Kletterstange hochgejagt, sich daruntergesetzt und gebellt wie Hunde. Und wenn ich mich nicht mehr halten konnte, weil mir die Arme weh taten, und ich runtergerutscht kam, haben sie mich unten empfangen, hochgehoben und auf die Matten geworfen. Und immer wieder sind sie mir hinterhergerannt, haben mich gepackt und wieder auf die Erde geschleudert. Toni rief dabei: ›Zwergenwerfen ist geil, Zwergenwerfen ist ja so geil.‹«

Die Kommissarin blickte mit einer Mischung aus Wut, Abscheu und Mitleid auf ihren Kollegen. Der sah betreten zu Boden.

»Es tut mir leid«, sagte Kielmann zu Sander.

»Einen Scheiß tut es dir«, entgegnete der. »Erinnerst du dich, dass ihr mir die Hosen in der Umkleidekabine heruntergezogen und mich nackt über den Sportplatz gehetzt habt? Oder daran, dass ich für alle Schüler in der Kantine immer wieder die Teller abräumen musste?«

Kielmann blieb unbeweglich. Sein Gesicht war feuerrot angelaufen. Er wusste, dass alle Einsatzkräfte, einschließlich der Basis, hören konnten, was Sander sagte.

»Dabei blieb es aber nicht«, knurrte Sander. »Ich musste sie vorher ablecken, wenn noch Reste auf den Tellern waren.«

»Es reicht jetzt«, sagte die Kommissarin scharf. »Was Sie erlebt haben, muss für Sie demütigend, ekelhaft und abstoßend gewesen sein. Das rechtfertigt aber nicht den Mord an zwei Kindern und die Entführung eines weiteren Jungen.«

»Ach, nein?«, entgegnete Sander. »Mir verschafft es Befriedigung. Und wissen Sie was? Ich habe keine Lust auf ein Kaffeekränzchen zu dritt. Geben Sie mir das Geld und die Überweisung. Dann bekommen Sie den Jungen.«

»Wo ist er?« Eva Lindenthal machte einen Schritt auf Theo Sander zu.

»Oh, oh«, sagte der und streckte ihr das kleine Gerät entgegen. »Das ist ein digitaler Zünder«, sagte er. »Ich habe hier noch zwei kleine Bomben vergraben. Eine weitere steckt am Gürtel des Jungen. Auf die zwei im Boden treten Sie, wenn Sie mir zu nahe kommen.«

Die Kommissarin wich einen Schritt zurück. Sie war bleich geworden. »Wo ist der Junge?«, zischte sie.

»Im Kofferraum eines Autos, das auf mich wartet«, sagte Sander.

»Katharsis 2«, hörte die Kommissarin in ihrem Ohr leise, aber vernehmlich. »Den Jeep umstellen, vorrücken und den Fahrer neutralisieren. Vorsicht, das Kind trägt einen Sprengstoffgürtel.«

Es knackte in der Leitung. Die Kommissarin hörte keine Bestätigung. Sie spürte, wie ihr Herz anfing zu rasen.

»Gut«, sagte sie, »hier ist das Geld.« Sie stellte den Koffer vor sich auf die Erde.

»Treten Sie weit zurück«, sagte Sander mit drohendem Unterton. »Und bleiben Sie schön auf dem Weg, sonst explodieren Sie noch.« Sander bewegte sich auf den Koffer zu.

Währenddessen hatten sich die vier getarnten Beamten des Mobilen Einsatzkommandos flach auf den Waldboden gelegt und robbten vorsichtig und bemüht, jedes Geräusch zu vermeiden, auf den Jeep zu. Dabei hatten sie, bis auf die Front des Wagens, die drei anderen Seiten im Visier. Als Erste erreichte eine der beiden jungen Frauen das Heck des Fahrzeugs. Leise zog sie sich an der Stoßstange hoch in eine gebückte Position. Sie kauerte jetzt hinter dem Geländewagen wie ein Kind, das Verstecken spielte. Sie äugte vorsichtig um die linke Ecke des SUV und gab ein Handzeichen. Dann sprang sie auf und zeigte sich in der Heckscheibe. Die Fahrerin drehte sich reflexartig zu ihr hin und bekam nicht mit, dass an der Fahrertür eine weitere Beamtin aufgetaucht war, die jetzt die Tür aufriss und die Frau packte. Blitzschnell hielt sie ihr den Mund zu, zerrte sie mit aller Kraft aus dem Wagen, warf sie auf den Boden und kniete auf ihr.

»Au«, jammerte die Frau, »Sie tun mir verdammt weh.«

»Was tun Sie hier!«, zischte die Beamtin leise. Sie war erstaunt, eine alte, elegant gekleidete und gepflegte Dame vor sich liegen zu haben. »Wie ist Ihr Name? Gehören Sie zu Theo Sander?«

Die alte Frau lautmalte ein »Ja« in den waldigen Untergrund. Ihr Gesicht war jetzt dreckverschmiert.

»Ihr Name?!«

»Rubinstein, Tessa.«

Die männlichen Kollegen erreichten den Jeep. Sie hatten, der besseren Tarnung wegen, eine längere Strecke am Boden hinter sich gebracht.

»Wir müssen den Jungen aus dem Kofferraum befreien!«, zischte die Beamtin, die an der Heckscheibe stand.

Die Beamten blickten sich bedeutsam an.

»Basis, wie gehen wir weiter vor?«, fragte einer ins Mikrofon.

»Fragt sie, ob Sander den Zündauslöser mit der Heckklappe verbunden hat. Wenn ja, dann durch die Rücksitzpolster den Jungen befreien.«

»Ich weiß es nicht«, antwortete Tessa Rubinstein auf die Frage des Beamten. »Er hat das Kind selbst dort verstaut.«

Die zwei männlichen Beamten kletterten in den Geländewagen, klappten die Rückenlehnen herunter und fanden den Jungen gefesselt und zusammengekrümmt im Kofferraum vor. Er schien zu schlafen. Er trug eine Maske, wie die anderen Kinder vor ihm auch. Sie war am Mund auffällig stark überschminkt und die Augen sahen noch furchterregender aus als bei den anderen. An seinem Gürtel klebte eine Magnetschale mit zwei kleinen Päckchen darauf, die wiederum durch Drähte mit einer Batterie und einem Zünder verbunden waren. Ein Lämpchen glühte grün.

»Als Erstes die Maske ab. Dann vorsichtig den Gürtel zerschneiden und die Sprengladung neutralisieren«, sagte einer der MEK-Beamten.

Vorsichtig machte sich der Mann an die Arbeit. Millimeter für Millimeter drang er in das Leder vor. Auf seiner Stirn bildeten sich Schweißtropfen. Als trüge er etwas sehr leicht Zerbrechliches, legte er den Sprengstoffgürtel neben dem Jungen ab, griff nach dem Kind und zog es durch den Laderaum und die Rücksitze ins Freie.

Jan Kielmann bekam von alledem nichts mit. Er wirkte wie leblos, atmete aber ruhig und gleichmäßig. Vor dem Geländewagen lösten ihm die Beamten die Fesseln.

»Basis, wir haben den Jungen«, sprach ein Beamter ins Mikrofon, »steht der Bus schon bereit?«

»Ja, am Anfang des Wanderwegs auf der Bundesstraße. Wir haben beide Fahrtrichtungen vorsorglich weiträumig abgesperrt.«

»Ich trage den Jungen zum Bus.«

»Gut, Katharsis 2. Die Frau verhaften und ab in den Bus mit ihr. Wir haben zusätzlich zwei Streifenwagen zum Bus beordert. Die Beamten sollen sich um den Jungen und die Frau kümmern. Ihr bleibt vor Ort, nahe bei den Kommissaren. Noch vagabundieren zwei Sprengsätze irgendwo herum.«

Der Beamte, der den Jungen gerettet hatte, holte schließlich den scharfen Sprengsatz aus dem Jeep, legte ihn vorsichtig auf den Waldboden ab und entschärfte ihn mit geübter Hand.

15

Theo Sander hatte derweil den Koffer geöffnet und das Geld grob gezählt. »Wo ist meine Überweisung in eine amerikanische Klinik?«, zischte er leise.

»Steckt in der Innentasche meines Jacketts.«

»Vorsichtig und langsam herausziehen und auf den Boden fallen lassen«, knurrte Sander.

Die Kommissarin tat, was ihr Gegenüber verlangte. Sander stellte den Koffer jetzt zwischen seine Beine, zog mit der rechten Hand ein Handy aus der Hosentasche, hielt mit der Linken aber weiter den Zündauslöser in der Hand. Er leuchtete giftgrün.

»Na?«, fauchte Eva Lindenthal. »Was haben Sie vor?«

Beide Kommissare hatten über ihre Ohrenstecker die erfolgreiche Befreiungsaktion mitgehört. Toni Kielmann, der nun entspannter aussah, hatte sich unbemerkt von Sander etwas hinter den Rücken seiner Kollegin geschoben und versuchte mit der rechten Hand an seine Waffe zu kommen. Sander blieb aber aufmerksam.

»Hände wieder nach oben, Toni!«, schnauzte er und hielt das Handy ans Ohr. Doch der Ruf ging anscheinend ins Leere. »Ich disponiere etwas um«, lachte er gekünstelt auf und steckte das Handy weg. »Offenbar ist mein Taxi nicht gekommen.«

Vorsichtig setzte Sander ein Bein vor das andere und schlich auf den ärztlichen Überweisungsschein zu, der grellgelb auf dem modrigen Untergrund leuchtete wie eine einzelne Sonnenblume auf einem braunen Acker. Während er sich nach dem Zettel bückte, behielt er die beiden Kommissare im Auge. Seine linke Hand umklammerte den Zündauslöser, als sei er eine millionenschwere Versicherungspolice. So vorsichtig, wie er sich herangeschlichen hatte, so vorsichtig zog sich Sander auch wieder in Richtung des Ufers zurück.

Dabei sank er immer wieder etwas ein, doch er konnte seine derben Schuhe schnell wieder aus dem Modder befreien. Drohend hielt er dabei den Zündauslöser in die Höhe, während er in der anderen Hand den Koffer und den Überweisungsschein mit sich trug.

Plötzlich wandte sich Sander blitzschnell um und stolperte, so schnell ihn seine kurzen Beine trugen, ins Schilf. Ein kleines Boot wurde sichtbar, in das er erst den Koffer warf, um dann selbst hinterherzuspringen. Das Boot schaukelte bedrohlich hin und her, der Motor jaulte auf. Sander packte nach einem Ruder und versuchte, die Barke aus dem dichten Schilf hinauszumanövrieren.

»Bleib hier, Theo, sonst schieße ich auf dich.« Kielmann hatte seine Waffe gezückt.

Die Kommissarin drückte Kielmanns Hand hinunter. »Das übernehmen die Kollegen von ›Viktor‹. Die haben ihn längst auf dem Schirm.«

Sander hatte auf die Warnrufe Kielmanns nicht reagiert. Er war viel zu sehr damit beschäftigt, dem Schilf zu entkommen. Das Boot tuckerte jetzt aufs offene Wasser hinaus.

In den Steuerstand des Fischkutters, der in der Nähe ankerte, kam Bewegung.

»Basis, hier Katharsis 1. Wie lautet der genaue Befehl?«, sagte der Kleinere der beiden Kahlköpfe.

»Rammt ihn mit ›Viktor‹, dann aufnehmen und verhaften. Wir übernehmen ihn in Seehof am Ufer. Dort warten schon zwei Streifenwagen.«

Das Boot mit Theo Sander an Bord hatte sich in Bewegung gesetzt. Doch die Maschine seiner Schaluppe hatte nicht annähernd die Kraft der Wasserdrohne, die sich ihm unsichtbar und nur auf ein Ziel programmiert näherte. Sander bemerkte eine merkwürdige Wellenbewegung, die um ihn kreiste. Als ob er ahnte, gleich gerammt zu werden, warf er das Ruder herum. Doch es nutzte ihm nichts mehr. Die Drohne krachte wie ein Torpedo in den Bug von Sanders Kahn, der daraufhin schwer zur Seite krängte. Sander verlor das Gleichgewicht, griff geistesgegenwärtig nach dem Geldkoffer und schnappte nach dem Überweisungsschein, den er aber verlor. Das Blatt Papier, seine gesamte Hoffnung auf eine Linderung seiner körperlichen Leiden, wirbelte auf dem offenen Wasser durch die Luft.

Sander kippte zur Seite, stürzte in den See und ruderte mit einem seiner kurzen Arme, um sich über Wasser zu halten. Mit dem anderen Arm hielt er den Koffer fest umklammert. Doch die Motorradkluft und das Gewicht des Koffers überstiegen die Kräfte des kleinen Mannes. Der Koffer glitt ihm aus dem Arm und trieb davon. Sander ruderte panisch gegen seinen Untergang an, doch sein Schicksal war besiegelt. Der Mörder zweier Kinder war am Ende seiner Kräfte. Er versank im Wasser.

»Verdammt, er ist untergegangen«, meldeten die Beamten auf dem Fischkutter.

»Was ist mit dem Koffer?«, antwortete die Basis.

Der Kleinere der beiden Beamten sah durch sein Fernglas und suchte die Oberfläche des Sees ab. Er schüttelte den Kopf.

»Wahrscheinlich auch versunken«, sagte der größere Beamte.

»Kommt zurück. Euer Einsatz ist beendet. Wir schicken Taucher. Die Bank will sicher ihr Geld zurück. Wir wühlen noch nach anderen Sprengsätzen und machen dann auch Schluss für heute. *Over and out.*«

16

Schwerin, am nächsten Tag

»Du wirst doch deinem Jungen gegenüber Toleranz zeigen, oder?« Eva Lindenthal blickte lauernd auf Toni Kielmann.

»Ich muss in jedem Fall mit ihm reden«, sagte er mit Zurückhaltung.

»Ja, darüber, dass er sich selbst finden darf, um für sich herauszufinden, was das Beste für ihn ist.« Sie bemühte sich erst gar nicht um Konzilianz. »Wenn er auf Männer steht, steht er auf Männer. Wenn nicht, dann geht er den Weg, den viele gehen.«

»Aber sein Weg wird kein leichter sein«, erwiderte Kielmann.

»Und er würde nicht leichter werden, wenn du ihm diesen Weg schwerer machst«, antwortete die Kommissarin. »Er könnte sich von dir abkehren, wenn du ihn bevormundest. Du hast eine Menge gutzumachen, Toni. Vergiss nicht, dass auch durch dich ein Mensch ein Leben lang glaubte, sein Leben als Kind verloren zu haben. Und so hat er es anderen Kindern genommen. Du hast geradezu die Pflicht, bei deinem Kind alles richtig zu machen.«

»Es war Rache, also ein niederer Beweggrund. Ich denke also nicht …«

»… dass es vergleichbar ist mit der Schwere deines Handelns, als du noch ein Kind warst?«, unterbrach sie ihn hitzig. »Nein, du hast nicht direkt getötet, nur indirekt. Nämlich die Seele eines anderen Kindes. Du hast sie gebrochen. Mit deiner Intoleranz, mit deiner Ignoranz und mit der Kälte, wie sie nur ein Mensch haben kann, der dumm und in der Gruppe handelt, in der er sich stark fühlt. Wie hat es Tessa Rubinstein beschrieben, weil sie beinahe alles hautnah miterlebte, euretwegen die Schule verließ und später Mitwisserin und Unterstützerin der Taten Sanders wurde?« Eva spürte, dass sie beinahe überkochte. Sie musste sich etwas abkühlen. »Ihr habt die Macht der Stärke und der Norm benutzt, um die Machtlosigkeit des Schwachen und der Antinorm, nämlich Sanders Kleinwüchsigkeit, zu missbrauchen. Du hast dich …« Sie rang nach Worten. »… du hast dich des seelischen Missbrauchs an einem Kind schuldig gemacht.«

Kielmann sprang hoch wie eine Stahlfeder aus einer defekten Matratze. Harsch griff er nach seiner Tasche, nach seinem Jackett und Laptop. Sein Gesichtsausdruck zeigte eine Mischung aus Härte und innerer Anspannung.

»Ich quittiere meinen Dienst«, krächzte er. »Ich habe es nicht verdient, Kommissar zu sein, der andere jagt, die nicht besser sind, als er selbst es war.«

Eva Lindenthal blickte ihn stumm vor Überraschung an. Kielmann zog die Tür ihres Büros mit Effet hinter sich zu. Zu ihrem eigenen Erstaunen folgte sie ihm weder noch gab sie dem momentanen Drang nach, ihn von seiner Entscheidung abzuhalten.

Die Kommissarin stand von ihrem Bürostuhl auf und ging zum Fenster. Sie atmete laut und hörbar durch, während sie ihren Kollegen auf der Straße dabei beobachtete, wie er in sein Auto stieg, die Tür zuklappte, den Motor aufheulen ließ und davonfuhr.

Sie wandte sich vom Fenster ab und fiel in ihren Stuhl zurück. Sie tippte auf eine Nummer in ihrem Handy. Sie wartete kurz, erreichte aber nur eine Mailbox. Sie drehte sich in ihrem Stuhl Richtung Fenster und blickte durch die Scheiben in den Himmel, an dem sich kleine Wolken jagten wie junge Hunde.

»Hallo mein Schatz«, sagte sie mit einem warmen Timbre in ihrer Stimme. »Ich bin heute und auch die nächsten Abende und vielleicht zukünftig alle Abende für dich frei. Ich möchte dich sehen und mit dir reden. Ich habe über unsere Zukunft nachgedacht. Deine Eva.«